CABEZA ALTA

RELATOS DE LUCHA Y DIGNIDAD

PARA LAUREANO, CON MI CARIÑO Y
MI AGRADECIMIENTO POR LA ENRIQUECEDORA
CHARLA EN LA FERIA DEL LIBRO DE FRANKFURT.

23-10-2022

[illegible]

colección
SENSIBLES
A LAS LETRAS

FRANCISCO ÁLVAREZ

CABEZA ALTA

RELATOS DE LUCHA Y DIGNIDAD

HOJA DE LATA

Sensibles a las Letras, 85

Primera edición en Hoja de Lata: octubre del 2022

Hoja de Lata Editorial S. L.
Avda. Galicia, 21, 4.º E, 33212 Xixón, Asturies [España]
info@hojadelata.net / www.hojadelata.net

Diseño de la colección: Trabajadores culturales Glayíu
Corrección: Olaya González Dopazo

ISBN: 978-84-18918-14-8
Depósito legal: AS 00438-2022
Impreso en Sgraf, Meicende, A Coruña [España]

FSC
www.fsc.org
MIXTO
Procedente de fuentes responsables
FSC® C146095

Hoja de Lata emplea tipos de papel que garantizan el manejo ambientalmente apropiado, socialmente benéfico y económicamente viable de los bosques del mundo.

No hay vida donde no hay lucha.
GIANNI RODARI

ÍNDICE

El libro que tienes entre las manos, querida lectora, querido lector, reúne veintiuna narraciones que he escrito a lo largo de los últimos ocho años y que presento aquí en orden creciente; van de la más breve a la más extensa. Una parte de ellas fueron publicadas en el volumen *Pasaxeres de la nueche* (Hoja de Lata, 2019), una buena parte fueron premiadas en los diferentes concursos de relatos en asturiano que se convocan en esta tierra. Mi primer agradecimiento, pues, va dirigido a los ayuntamientos y fundaciones que promueven esos certámenes: los ayuntamientos de Bimenes, Candamo, Cangas del Narcea y Villaviciosa, y las fundaciones Juan Muñiz Zapico y Dolores Fernández Lema.

En este volumen cohabitan cuentos históricos, cuentos negros, cuentos de amor, cuentos fantásticos, cuentos que no son cuento… El nexo de unión es que todos ellos son relatos de lucha y dignidad. Conviven en este libro narraciones sobre personajes insignes y relatos protagonizados por personas humildes, anónimas o inexistentes. Esto último es algo de lo que me siento especialmente orgulloso, porque creo que cierta literatura debe ejercer un poder igualitario e igualatorio entre los seres humanos. En una de las entrevistas que le hice en los primeros años de este siglo, el escritor italiano Claudio Magris dejó registrada en mi grabadora de periodista una frase que incorporé a mi ideario de contador de historias, a mi cuaderno de bitácora como informador y como escritor: «Usted, yo y cualquier persona tenemos derecho a la misma filología, entendida, en el sentido etimológico del término, como el amor de la palabra».

«Cabeza alta» es el cuento más corto y el que da título a este libro, porque las historias pequeñas pueden ser las más importantes. Se lo dedico a Alberto Prunetti, mi referente en la literatura de clase obrera.

«Pozu Cantábricu» es en memoria de Lezo Urreiztieta y de los tripulantes de sus pesqueros, que lo arriesgaron todo cada vez que danzaron sobre las olas del Cantábrico su *aurresku* de libertad para llevar a puerto seguro a militantes antifascistas.

Le dedico «Identidad» a Diego Menéndez. Juntos aprendimos a defender la llingua asturiana en las calles, en los chigres (así llamamos en Asturies a los bares), en el monte, en los conciertos... Juntos seguimos defendiéndola en esos mismos escenarios.

Le brindo «Los colores y los trazos» a Paola Vischetti. «Pinté» este cuento con su asesoría artística, pocos días antes de nuestra despedida a orillas del lago Lugano, en la Suiza italiana, una mañana fría.

«Las canciones de Damián» es para Vanessa Gutiérrez, que nació en la cuenca minera del Caudal y se crio en la cuenca minera del Nalón. En su voz poética resuenan los mil acentos del carbón de una tierra que sigue teniendo alma minera.

El cuento «En aguas del destierro» está emparentado con la novela *Lluvia d'agostu*, que escribí en un periodo en el que el único puerto seguro en mi vida era la literatura. Hoja de Lata publicó la novela en asturiano y en castellano, el sello austriaco Bahoe Books la publicó en alemán y en breve se editará en griego. Con este relato pago un par de deudas que dejé pendientes en aquella novela: le doy la palabra al protagonista de esta narración, que en *Lluvia d'agostu* retraté con tintes caricaturescos, y rescato del olvido la figura de Manuel Prieto, *el Coix, el Coxu*. Se lo dedico a mi editora, Laura Sandoval, y a mi editor, Daniel Álvarez, que creyeron en mí como autor cuando ni yo mismo creía en mí.

«El hombre de la luz y la tiniebla» va para Xurde Rodero, *compañero del alma, compañero*. Nadie mejor que él como destinatario de estos versos que tomo prestados de Miguel Hernández, al que ambos admiramos.

«Las horas finales de Dulce Gaván» es para David Varela, con el que comparto en los escenarios asturianos el espectáculo literario y musical *Fierro, carbón y metralla*, basado en su música y en algunos textos de este libro.

Le dedico «Sol de abril» a Viola Mercuri, por el sol de junio que compartimos en el milanés Parque de las Fábulas. Y por recordarme las palabras del poeta turco Nazim Hikmet que dicen que no podemos vivir en la tierra como si fuéramos meros inquilinos.

«Muerte de Sócrates en París» es un cuento que escribí pensando en Nuria Rodríguez, una de las tataranietas de las brujas que no lograron quemar, mi maestra en el feminismo y mi hermana en tantas luchas sociales y políticas.

«Correr tras el viento» se lo dedico a Paquita Suárez Coalla, con mi gratitud por la enriquecedora correspondencia cibernética que mantenemos entre el Alto Manhattan (en la Gran Manzana) y el Alto Pumarín (Pumarín en asturiano es un pequeño manzanar).

«El faro de Viena» refleja la luz de María José Menéndez. Trabajó en un astillero gijonés combativo y seguramente por eso su sonrisa es un dique inexpugnable frente a cualquier tempestad.

«Las cenizas de las últimas palabras» es para Susi De la Torre. Juntos recorrimos la isla gallega de Ons tras las huellas ancestrales de piratas y de vikingos. Volví de allí con el compromiso de que algún día escribiría un cuento sobre la piratería.

Le dedico «Una noche en La Belle Alliance» a Laura Tuero. Ella fue la primera persona que leyó esta historia y la que me animó a seguir escribiendo.

«El fotógrafo de la luna» es para Marcello Fois, con mi gratitud por todo lo que he madurado como escritor traduciendo su obra, tan sarda y tan universal.

Le regalo «Rosa de invierno» a Elena Carrara. Nuestra ruta de libertad nos llevó desde el monumento de Federico García Lorca en la madrileña plaza Santa Ana hasta el sepulcro de Buenaventura Durruti, Francisco Ascaso y Francesc Ferrer i Guàrdia en Montjuïc, pasando por la tumba de Bertolt Brecht en Berlín.

«Puente de Peñaflor» es en memoria de mi padre, Julio César Álvarez, que nació muy cerca del lugar en el que se desarrolla esta historia, y de mi madre, Natividad González, que nació en Badajoz y que murió el mismo día en el que acabé de escribir este relato. Los restos mortales de ambos descansan en el cementerio de Cuero, a poco más de un kilómetro del Puente de Peñaflor.

Le ofrezco a Xabel García «Las flores del capitán Richardson». Me hice insumiso al servicio militar siguiendo el ejemplo de coherencia y honestidad de camaradas antimilitaristas como él. Él sigue siendo para mí un referente ético.

«El camino rojo» va para Quique Faes, por todos los caminos que recorrimos y que seguimos recorriendo juntos en el periodismo, en la literatura y en la vida.

«Mar de Irlanda» se lo dedico a Liliana Fernández-Peña, que me liberó de mi condición de náufrago y me puso ante los ojos la mejor narrativa de Leonardo Padura.

«La ciudad negra» es para Fernando Álvarez, al que me unen, entre otros sentimientos, el «barrionalismo» de Pumarín, el lugar en el que crecimos y al que siempre volvemos para que nunca se sequen nuestras raíces.

Xixón, verano del 2022

SOLIDARITY with the MINERS
SOCIALISM
THATCHER the ENEMY WITHIN
ME AND MY FATHER HATE SCABS

SOLIDARITY with the MINERS
SOCIALISM
THATCHER the ENEMY WITHIN
ME AND MY FATHER HATE SCABS

CABEZA ALTA

Ignoramos nuestra verdadera estatura hasta que nos ponemos de pie.

EMILY DICKINSON

Volví a casa llevando bajo el brazo el libro ilustrado que me habían regalado por mi cumpleaños: *Los viajes de Gulliver, de* Jonathan Swift. Tal vez por eso mi padre me pareció, en la escena con la que allí me topé, un hombre diminuto y gigante a la vez, una especie de Gulliver en Brobdingnag y en Liliput al mismo tiempo. Porque lo vi pequeño como un liliputiense mientras lo sacaban de nuestro hogar, aferrándolo por los brazos, dos policías enormes que con sus zapatos de suela ancha y sus cascos aparentaban aún más altura. Pero lo vi muy grande, gigantesco, cuando pasó a mi lado y sonrió con los ojos y me guiñó uno de ellos para tranquilizarme, aunque ese gesto no surtió efecto y rompí a llorar con ese llanto indefenso que tienen los niños cuando no saben leer los acontecimientos adversos. Mi madre, serena y digna como una diosa, sorteó el corrillo de gente y vino hacia mí para posar en mi nuca la caricia de su mano. Yo, instintivamente, agaché la cabeza. «La cabeza alta, Matthew. La cabeza siempre alta», susurró ella disfrazando de dulzura su dolor y su rabia. Y me obligué a alzar la cabeza para ver cómo encerraban a mi padre en uno de aquellos furgones que partieron haciendo chillar sus sirenas para intentar solapar los silbidos y los gritos de apoyo a la huelga minera que estaban inflamando el aire de nuestro vecindario.

Alguien había pronunciado el nombre de mi padre como integrante de un piquete al que se atribuían actos de sabotaje, según la policía; actos de lucha obrera, según el sindicato. El juez decretó prisión preventiva para él y para otros mineros. En las semanas siguientes de aquella larga huelga yo tuve que racionar mis lágrimas, aunque hice mío el llanto de alguno de mis compañeros el día que nos notificaron en la escuela que las hijas e hijos de los huelguistas habíamos sido privados del derecho a comedor escolar, por decisión del Gobierno. La respuesta a ese agravio no se hizo esperar: a la mañana siguiente nos recibió a la entrada de nuestro colegio una enorme pancarta formada con sábanas cosidas, muy limpias, muy blancas, con una frase pintada en el color del carbón: *Las cabezas bien altas, compañeros.* Nuestras madres la habían hecho para nosotros, los niños y niñas a los que el Gobierno británico negaba el pan, los hijos de mineros, sus pequeños compañeros.

El comité de madres organizó un comedor popular como alternativa al comedor escolar y allí algunos renacuajos echábamos una mano, ayudábamos a llenar y a rellenar tazas, vasos y platos. Allí empuñé por primera vez el cucharón de la sopa, y no podía imaginar que ese utensilio iba a acabar convirtiéndose en mis manos, quince años más tarde, en un arma artesanal de la lucha de clases…

Estaba ultimando en Londres mi tesis doctoral sobre el movimiento sindical galés del último tercio del siglo XX. Los fines de semana sacaba un dinerillo trabajando como camarero itinerante en una empresa de *catering*. Nos llamaron para servir un banquete en un selecto club de golf al que asistiría un restringido grupo de invitados. Intrigado, le tiré de la lengua al encargado y acabó revelándome el nombre de la personalidad a la que iban a agasajar en ese evento. Acudí con puntualidad, vestí el uniforme de traje y pajarita, superé las miradas fiscalizadoras de los guardaespaldas al entrar en el salón. El jefe de sala me observó con inquietud creciente mientras me dirigía con la sopera a la mesa presidencial, porque no era yo el encargado de servirla. Me acerqué a la homenajeada, saqué de la sopera un cucharón con un amasijo de puré y de carbón, y lo eché en su plato. «De parte de los hijos de los mineros del comedor popular de Wakefield», le dije a media voz. La ex primera ministra, desconcertada, ocultó púdicamente con su servilleta el plato de crema de nécoras con tropiezos de hulla, pero para entonces casi todas las miradas del salón apuntaban hacia nosotros. Los dos escoltas llegaron a paso rápido. «Llévenselo», les murmuró entre dientes Margaret Thatcher mientras esgrimía una sonrisa de cartón piedra ante el resto de los comensales.

Cuando me sacaban del salón, uno de los escoltas trató de doblar mi nuca hacia adelante. Se lo impedí tensando con todas mis fuerzas la musculatura del cuello, afronté aquel agudo dolor diciéndome a mí mismo: «La cabeza alta, Matthew. La cabeza siempre alta, compañero».

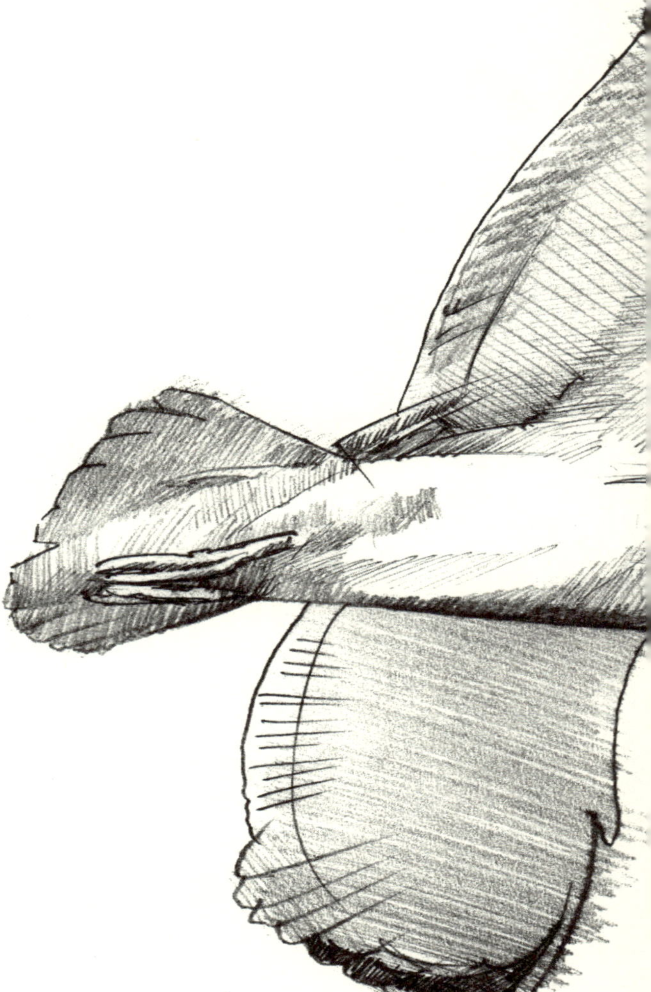

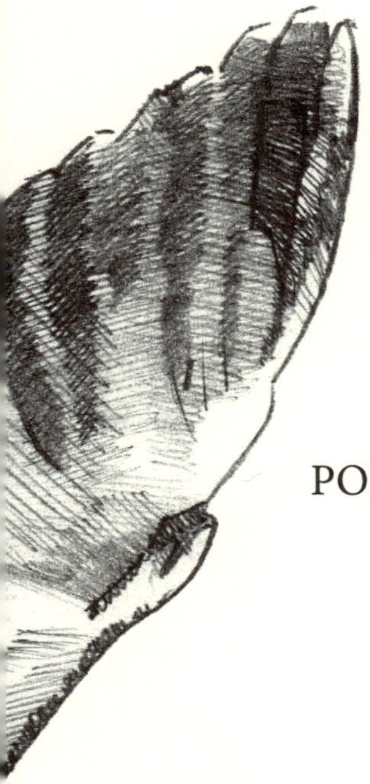

POZU CANTÁBRICU

Animal blando y sin sombra
cuando ante la injusticia callo.
CAROLINA SARMIENTO

Aquel día de octubre de 1934 parecía que la galerna del Cantábrico se había aliado con Franco, Goded, Yagüe y compañía para tratar de negarnos la salvación. Desde el mismo momento en que zarpamos del puerto gijonés de El Musel, con la derrota pisándonos los talones y los buques de guerra Almirante Cervera y Jaime I al acecho en las aguas que teníamos por delante, el barco no dejó de dar bandazos como una cuna baqueteada por la mano furiosa del diablo. Las olas se estrellaban en el casco del Carmen de Amorebieta como vagonetas de mina descarriladas, el viento rugía como un derrabe de carbón sin fin, el mar atronaba como una explosión de grisú. Muchos estábamos vomitando por la borda o agarrados unos a otros para no resbalar por la cubierta, y el capitán Lezo caminaba entre nosotros como si nada, repartiendo palmadas en la espalda y comentarios de áni-

mo. Lo vi venir hacia mí con el paso recto de un equilibrista acostumbrado a caminar sobre el alambre entre vientos hostiles.

—¡Aúpa, asturiano! —soltó el grito sobre mi cogote al tiempo que yo soltaba sobre el mar lo poco que había comido ese día—. No me irás a decir que unos mineros revolucionarios se acojonan ante unas olas de poca monta.

—¿De poca monta? ¿Cómo serán las grandes? Esto es peor que andar a tiros con los putos legionarios —bromeé, a pesar de mi estado—. Además, es la primera vez que subo en un barco, capitán.

—No pasa nada, chaval. Echa por la borda todo lo que tengas que echar, que es abono para los peces —dijo lanzando una carcajada mientras se alejaba.

Arribamos al puerto de San Juan de Luz sanos y salvos, todos y cada uno de nosotros. El propio Lezo nos había contado al embarcar y volvió a hacer recuento al desembarcar, como estricto capitán y como anfitrión cumplidor que quiere dejar constancia de que no ha perdido nada ni a nadie por el camino.

No volví a hablar con él hasta la segunda y última travesía que compartimos, en otro mes de octubre, catorce años más tarde, cuando ya habíamos perdido la revolución, la guerra y la guerrilla. En 1948 la situación era insostenible para los pocos que seguíamos resistiendo en la montaña asturiana, y tras la masacre del pozo Funeres, en la que veintidós compañeros fueron despeñados vivos por los fascistas en una sima del concejo de Laviana, la dirección del partido acordó fletar desde Francia un bonitero capitaneado por Lezo, quién si no, para sacarnos de

Asturias. Pese a la oscuridad de aquella noche, sin luna y sin luces que delataran nuestra posición, en cuanto embarcamos en el puerto de Luanco reconocí la boina negra, las cejas gruesas, el cuerpo robusto y el gesto risueño del lobo de mar de Santurce.

Ya en altamar, cuando el pesquero —con un maquinista y un marinero francés como única tripulación— ponía proa al golfo de Vizcaya, Lezo nos dio conversación para que la travesía fuera más llevadera. Remataba con una carcajada cada capítulo con el que iba desgranando sus peripecias en dos guerras, una española y otra francesa: nos habló de la flotilla con la que llevó fusiles checoslovacos al bando republicano en la costa vizcaína sorteando el campo de minas sembrado por la marina franquista, y del barco con el que sacó de la Francia ocupada por los nazis a decenas de familias judías burlando a la Gestapo y a la policía del régimen colaboracionista de Vichy. Nos reveló el pequeño secreto de que en esos años bautizó a dos de sus pesqueros con los nombres de Santa Bárbara y San Mamés no solo porque él era católico del PNV y aficionado del Athletic, también por los pozos asturianos de Santa Bárbara y San Mamés, porque admiraba a los mineros.

Se me hizo corta aquella travesía de una treintena de horas que compartimos una treintena de maquis y enlaces de la guerrilla. Atracamos en el confín oriental del Cantábrico, en el puerto de San Juan de Luz, cuando se cumplían exactamente once años y once días de la caída de Asturias en la guerra civil. Lezo Urreiztieta se despidió de noso-

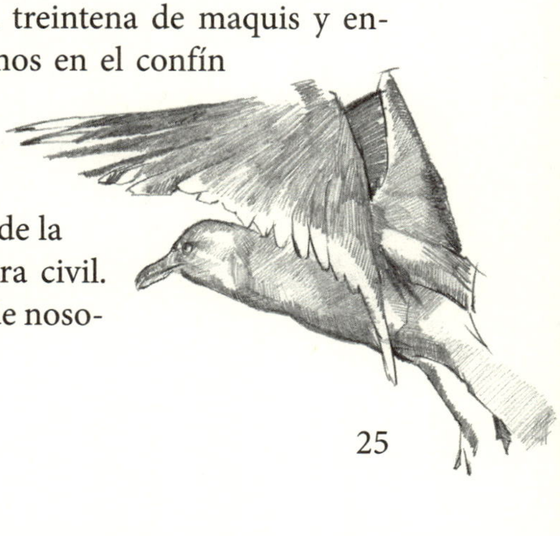

tros a pie de muelle, abrazándonos uno a uno a todos los hombres y a la única mujer de la expedición.

Algunos de nosotros bajamos de nuevo a la mina durante el exilio francés. Yo fui uno de ellos, me gané la vida picando carbón en un pozo de Occitania. Regresé a Asturias siendo aún minero en ejercicio y me retiré aquí después de trabajar los últimos años en una explotación de la empresa pública Hunosa en la cuenca del Caudal.

En la primavera de 1981, cuando nos llegó la noticia de que Lezo había muerto en la localidad vascofrancesa de Bayona, los que habíamos regresado a Asturias y aún vivíamos nos citamos en la bocamina de un pozo de la cuenca del Nalón. Yo sugerí que compráramos una corona de flores, pero un compañero tuvo una idea mejor, así que adornamos el castillete del pozo con el flotador de un viejo pesquero, lo pintamos con los tres colores de la ikurriña y escribimos, con pintura negra como la pez, su nombre: Lezo Urreiztieta Rekalde. Colocamos también una tabla de madera en la que estampamos, con pintura negra como el carbón, el nombre con el que rebautizamos ese pozo minero durante unas pocas horas: *Pozu Cantábricu*.

Y se sumó, discretamente, al acto una visitante inesperada que posó sus dos patas sobre el castillete. Aquella gaviota había volado más de treinta kilómetros tierra adentro, quizás desde El Musel, quizás desde Luanco, quizás impulsada por el viento generoso y poderoso de la libertad.

IDENTIDAD

Si digo llingua digo mundu,
digo cuerpu y trabayu,
enfotu y travesía.

MARTA MORI

Hay palabras que mi abuelo Andrew nunca supo (nunca quiso) pronunciar en inglés. Palabras como *llar, lluvia, llingua o lloredal. Yes, of course,* él entendía su significado cuando escuchaba o cuando leía *home, rain, language* o *laurel forest,* pero nunca quiso (nunca supo) asumir en otro idioma *those special words,* esos vocablos tan especiales de su léxico de emigrante. Nunca, *never at all.* Resultaban para él, prácticamente, palabras tabú en inglés.

Cuando yo era aún una niña de pocos años y de muchas preguntas, me contó que aquellas palabras y alguna más —*interestingly,* todas comenzaban por «ll», es como si hubiera engullido las páginas de un diccionario correspondientes a esa letra antes de desembarcar en Ellis Island— habían perdido su frescura en 1917, el año en el que partió del *county* de Castrillón, cuando abandonó Asturias, al irse de España, al atravesar el *Atlantic Ocean;* pero a pesar de todo no quería (no podía) renunciar a ellas. Y yo por entonces no lo entendía. *That is to say,* lo entendía en el caso de lluvia y de lauredal, pero no en lo referente a hogar o lengua. *But he was talking about* otra clase de frescura, se refería a otra cosa.

Mi abuelo Andrés pasó a ser Andrew al poco de llegar a *West Virginia. It's weird,* renunció a su nombre original, a esa parte importante de la identidad, pero nunca quiso renunciar a su *little linguistic treasure,* a aquel tesoro de palabras, resplandecientes y enfiladas como una cuenta de perlas, que únicamente podían comprender y amar los pocos hombres de la mina asturiana de Arnáu que habían emigrado con él a Fayette County.

Desde que emigró, *my grandfather* Andrew solo regresó a España una vez, y *that return* resultó para él una experiencia traumática. Volvió en el verano de 1936, al estallar la *Spanish Civil War,* para luchar en el bando democrático con el *Abraham Lincoln Battalion,* un batallón de voluntarios estadounidenses que los españoles llamaban, y siguen llamando, Brigada Lincoln. Se enroló en él por sus ideales, *because* a mi abuelo Andrew siempre le olió el aliento a libertad, siempre llevó en los ojos el brillo de la justicia social. *Well, I guess* que lo hizo también por el anhelo, convertido en esperanza, de pisar *once again,* aunque fuera en mitad de una guerra, la tierra donde tenían sentido para él palabras como hogar, lluvia, lengua y lauredal. No pudo ver cumplido ese sueño. Recibió instrucción militar durante unas semanas en Cataluña, entró en combate en los alrededores de una ciudad llamada Teruel y siguió batallando en un pueblo llamado Belchite, *so he* nunca llegó a estar más cerca de Asturias de lo que está *West Virginia* de Tennessee.

Volvió a Fayette County *two years later,* marcado por sus ideales y hostigado por el *Federal Government.* Recuerdo a mi abuelo Andrew en una tarde de lluvia y de incesante interrogatorio, sentado *on the rocking chair,* en la mecedora del porche de casa, refugiando su mirada entre la blancura vegetal de un magnolio y la grisura metálica de la mina que se veía *in the distance.* Soplaba el viento de los montes Apalaches, que inclinaba la lluvia, y mi abuela Linda les servía limonada a los dos agentes del FBI que le hacían, una y otra vez, *intimidating questions:* a qué dedicaba el tiempo de ocio, quiénes eran sus amigos, qué opinión tenía sobre las ideas comunistas, anarquistas, socialistas... *My grandfather* hacía girar con los dedos de su mano derecha la pequeña piedra de carbón con la que jugueteaba cuando necesitaba calmar los nervios. De vez en cuando apartaba la vista del pozo minero y del árbol en flor preñado de magnolias, me miraba con ternura mientras yo peinaba la melena rubia de mi muñeca de ojos saltones y seguía respondiendo *those stupid questions.*

When the United States entraron en la Segunda Guerra Mundial, *my grandfather* Andrew no quiso combatir. Dijo que prefería seguir batallando con la mina hasta el fin de su vida antes que tener que enfrentarse *again* a la mirada de odio o de dolor de un hombre al que estás obligado a considerar enemigo. El carbón era un recurso estratégico para la maquinaria de guerra y la *American press* decía que también los mineros eran *soldiers,* «soldados armados con casco, pico y lámpara que combaten en las entrañas de la tierra», *they said.* Mi abuelo, *like other miners,* fue considerado un combatiente en retaguardia y nadie lo echó de menos en el frente.

Tampoco lo echaron de menos la mañana en la que la mina se derrumbó sobre él y sobre un minero galés, en diciembre de 1942. Nadie ajeno a él lloró su muerte, *only his relatives,* la familia y unos pocos compañeros. El accidente coincidió con la *big battle* de la isla de Guadalcanal. En aquellos días la guerra, el mar y la selva devoraban *every day* en el frente del Pacífico cientos de vidas de hombres de la *US Navy* y a nadie le importó que la mina Brody 1 de Boone County se llevara la vida de dos *immigrant workers.* Tardaron cuatro días en rescatar sus cuerpos. *My grandmother* Linda pidió que esculpieran en la lápida de la tumba de su marido, bajo el nombre y las fechas de nacimiento y de fallecimiento, tres palabras en la lengua vernácula de mi abuelo: *llar, lluvia* y *llingua.* Y recuerdo que *at the funeral* sentí en todos los poros de mi piel la frescura de esas tres palabras imperecederas.

Hace pocos años, tras abandonar la política, viajé a Europa *with my husband and my little son.* Conocimos España, visitamos Asturias, fuimos a Castrillón, llegamos a Arnáu. Recorrí los parajes en los que había aprendido a caminar y a hablar, a trabajar y a vivir, *my grandfather* Andrew cuando aún era Andrés. Vi las ruinas, todavía reconocibles, de lo que fue su hogar. Me mojó esa lluvia fina que allí llaman *orbayu,* escuché hablar en su lengua, olí las hojas del lauredal, que continuaba allí... Y siguiendo esas huellas *I discovered* una parte de mi identidad que latía dentro de mí.

And I discovered, desde alguna galería profunda de esa mina de *precious mineral* que es el subconsciente, que el recuerdo de mi abuelo Andrew, la memoria de lo que yo había escuchado, visto y vivido a su lado, fue la inspiración del *slogan* que creé *with my political campaign staff* para las elecciones estatales que me convirtieron en gobernadora de *West Virginia* por el Partido Demócrata. Aquel lema de solo cinco palabras: *Our identity is our future*. Nuestra identidad es nuestro futuro.

LOS COLORES Y LOS TRAZOS

La pintura es la gran pizarra de la historia.
FRANCISCO UMBRAL

El pintor dio por concluida la entrevista. Para celebrarlo, sacó del bolsillo de su camisa un paquete de tabaco que ya estaba mediado.

—¿Fuma? —preguntó acercando la cajetilla al entrevistador.

—No, gracias —respondió con cortesía el reportero.

—Le debo la vida al tabaco, ¿sabe? No habría sobrevivido para pintar ni uno solo de mis cuadros si no hubiera sido por esto —aseguró contemplando con una mirada arcana el pitillo que había sacado para él.

—¿Lo dice en serio?

—Totalmente. Cuando nací me dieron por muerto. La comadrona que asistía a mi madre pensó que yo no había sobrevivido al parto y me dejó tumbado en una mesa. Uno de mis tíos, el más joven, era médico, y estaba fumando un habano justo en ese momento. Me echó en la cara una bocanada de humo y empecé a llorar.

—Una historia increíble… Asombrosa, quiero decir

—matizó sobre la marcha el reportero para que no pareciera que dudaba de la veracidad de la anécdota.

—Asombrosa, sí. Fantástica también, pero no fantasiosa —matizó por su parte el pintor—. Es rigurosamente cierto esto que le acabo de contar.

Dicho eso, el artista arrimó los ojos a la ventana para templar sus pupilas con la luz tibia que el otoño estaba espolvoreando sobre la mansión de Notre-Dame de Vie, en la Costa Azul.

—¿Puedo saber en qué está trabajando actualmente? —cambió de tema el periodista.

El pintor español le respondió en primera instancia al reportero francés con una mirada tiesa y áspera como un pincel que alguien hubiera dejado sin limpiar el día anterior.

—He de recordarle que la entrevista ya ha concluido, *c'est fini, monsieur* —añadió a su mirada tiesa y áspera—. Yo soy hombre de palabra.

—Sí, lo sé, es solo que…

—Soy hombre de palabra, le he concedido los treinta minutos prometidos. Treinta y dos, para ser precisos —concretó tras consultar el reloj de pulsera que tenía entre los pinceles, las brochas y los botes de pintura simbolizando que el tiempo era también para él una herramienta de trabajo—. Ahora he de seguir pintando. Tengo ochenta y dos años, comprenderá que no me sobra el tiempo.

—Por supuesto, no pretendo obstaculizar su labor. No se lo he preguntado por interés informativo, sino por curiosidad personal.

—Yo pensaba que la curiosidad personal y el interés informativo eran una sola cosa para ustedes, los periodistas.

La frase, pronunciada con un barniz de resabio, intoxicó el aire más que los efluvios del aguarrás que flotaban en el estudio. El entrevistador observó ensimismado los cuadros blanquinegros de la camisa ajedrezada del pintor, ancha como un mandil y con botones abiertos hasta el esternón que dejaban al descubierto un tórax de ese color de nieve que adquiere el vello cuando se acerca el invierno de la vida. La camisa era muy parecida, si no la misma, a aquella otra con la que el artista había posado para los reporteros gráficos unos años atrás, cuando recibió la visita de la celebérrima actriz Brigitte Bardot.

Sin dejar de mirar a su interlocutor, el artista se subió las mangas y las enrolló a la altura de los codos para advertirle de que tenía intención de volver al trabajo.

—Si fuera tan amable de... —amagó, insistió el reportero apuntando con su pluma estilográfica al caballete que tenían a su espalda y sobre el que descansaba el reverso de lo que sin duda era una pintura.

—Olvídese del caballete, ahí no hay nada de valor ahora mismo —contestó el pintor.

El artista ignoró el caballete y recorrió los cuatro o cinco metros que distanciaban el ventanal de la mesa ubicada en el centro del estudio, sobre la cual reposaba un objeto plano oculto bajo un paño aterciopelado. Tiró de dos de las puntas de la tela con sumo cuidado, como si se tratara de las frágiles alas de una mariposa exótica, y dejó al descubierto una lámina. El periodista la contempló con impaciencia, temía que el artista se arrepintiera de habérsela mostrado y que volviera a ocultarla rápidamente. A primera vista le pareció una obra inmadura, como el dibujo de un niño. Aunque aquello, pensó para sus adentros, no dejaba de ser un Picasso.

—De niño yo ya pintaba como Rafael —dijo el singular pintor—, pero me llevó una vida entera aprender a dibujar como un niño.

Ese comentario sobresaltó al reportero. Era como si Pablo Picasso acabara de leerle la mente. Miró al artista malagueño como lo miraban los personajes cubistas que anidaban en sus cuadros: con esos ojos inquietos e inquietantes que siguen escrutando el horizonte en busca de la verdad.

—*Asturias, 1963* —leyó el periodista francés en voz alta la palabra y la fecha que figuraban en la parte superior izquierda de la obra—. ¿No es allí donde los mineros organizaron hace unos meses una huelga contra el general Franco?

—Sí —respondió Picasso con extrema brevedad.

—Entonces, ¿esta obra está inspirada en las luchas mineras?

—¿Usted qué cree? ¿No ve en ella a los mineros, no ve su tierra, no ve sus luchas, no ve sus principios, no ve sus derrotas, no ve sus victorias…? ¿No ve los colores, los tonos, las formas, las figuras…?

El periodista, intimidado por esas preguntas ramificadas, volvió a mirar la obra, pero no vio nada más que lo que ya había visto: el trazo irregular que silueteaba un brazo hercúleo y una mano aferrando una lámpara que propagaba su luz en todas las direcciones. Nada de colores, nada de tonos, ninguna figura reconocible…

—Sí, se percibe… Se intuye lo que… —hizo malabares en el aire con los verbos y los pronombres el reportero, pero su conato de explicación acabó rodando por el suelo.

—Déjese de pamplinas, no es necesario que mienta —le respondió Picasso agotando sus últimas reservas de paciencia—. Es suficiente con que mienta el pintor, forma parte de nuestro oficio. Mentir es inventar e inventar es crear. El arte es la mentira que nos ayuda a ver la verdad.

Yo no pinto lo que veo, pinto lo que pienso. Y ahora, si no le importa, he de seguir pintando.

—Por supuesto, ya me voy. Gracias por todo, señor Picasso.

—De nada. Pero no escriba en su artículo ni una palabra sobre esta obra que le acabo de enseñar, aún no se la he mostrado al mundo.

Picasso despidió a su invitado levantando la mano en la que sostenía un cigarrillo que esbozaba una pincelada abstracta de humo grisáceo en el aire incoloro del estudio.

Al quedarse por fin a solas, el pintor se aproximó a la lámina, dio un manotazo para espantar el humo que le nublaba la vista y comenzó a repensar los colores invisibles de esa obra. Se compadeció de su invitado, que no había sido capaz de intuir ningún color, que solamente había visto negro sobre blanco. Que no había comprendido aquello de lo que hablaba Da Vinci: el color verdadero de las cosas se muestra en lo que no está condicionado por ninguna clase de sombra o de brillo. Que no había percibido aquello que decía Goethe: los colores son actos de luz y de sufrimiento. Que no había advertido aquello a lo que aludía Matisse: el color debe ser pensado, soñado, imaginado. Que no había entendido aquello a lo que se refería Gauguin: solo un ojo ignorante asigna un color fijo e inalterable a un objeto.

Donde su invitado no vio color, Pablo Picasso estaba viendo el verde del paisaje, el negro del carbón, el rojo de la sangre, el amarillo del sudor obrero, el gris del cielo asturiano, el naranja rojizo del óxido del régimen de Franco... Donde su invitado no vio más que garabatos propios de un niño, Picasso veía otras cosas: en las curvas estaba viendo los montes y los cauces de los ríos de las cuencas mineras, los labios de mujeres exigiendo la libertad de sus maridos represaliados… En las rectas estaba viendo la férrea verticalidad de los castilletes de los pozos y la inflexible rectitud de aquellos mineros.

LAS CANCIONES DE DAMIÁN

Mina
no es una metáfora.
Mina
es el carbón en la frente
y el sudor en las manos.
SOFÍA CASTAÑÓN

Su voz cantarina era el hilo musical que sonaba en la jaula del pozo minero a las seis de la mañana.

—Esto es como uno de esos ascensores que tienen música para que no te aburras —bromeaba uno de los picadores, que en ocasiones le hacía los coros.

—Menuda tabarra, me estás dando dolor de cabeza —decía otro con tono quejumbroso.

Pero Damián, erre que erre, seguía a lo suyo. En el tiempo que nos llevaba bajar a la novena planta cantaba él las dos estrofas de *Xunto al puente Carrocera,* o una estrofa de *Baxo a la mina cantando,* o una estrofa y el estribillo de *Los mineros del Fondón*... Así era como nuestros pasos iban a dar al tajo cada jornada. Después el gruñido metálico de las vagonetas y la tos neumática de los martillos de picar carbón formaban una orquestina, y el de Damián dejaba de ser un canto a capela para seguir sonando unos segundos más acompañado por esa instrumentación de percusión hullera en el auditorio sin público que era la mina.

Lo extraño es que cantaba únicamente en ese instante del día, durante el descenso desde la bocamina a la galería, como si el castillete del pozo fuera una baliza terrestre que señalizaba el lugar en el que iniciar y finalizar su práctica musical, peculiar y cotidiana. Yo solo lo escuché cantar en dos ocasiones fuera del pozo: la segunda de ellas, en una ambulancia; la primera, a la salida de un chigre. Curiosamente, era en los chigres donde los que nunca cantábamos nos soltábamos canturreando, o berreando directamente, cuando el alcohol y la juerga nos desinhibían y destensaban los miedos y los nervios que la mina nos tensaba.

Fue un sábado, ya de madrugada. Nos quedamos los dos solos, emborrachándonos mano a mano en el bar de Delina. Cuando ya no nos alcanzaba con los dedos de ambas manos para llevar la cuenta de los cubalibres que habíamos trasegado, cuando la lengua ya pesaba tanto y las palabras ya pesaban tan poco le pregunté de sopetón:

—Oye, Damián, ¿tú por qué cantas todas las mañanas cuando bajamos al pozo?

—¿Que por qué canto? —contestó preguntando, mi pregunta lo pilló de sopetón—. Pues porque estoy de buen humor.

—¿Quieres decirme que estás de buen humor todos los putos días del año? Yo hay mañanas que no puedo con la vida y tú siempre entras en la jaula cantando. Déjate de milongas, dime la verdad.

—Bah, qué sé yo... ¡Vamos a brindar, Sindo! —dijo, alzando el vaso de tubo, con ese entusiasmo que gastamos cuando tenemos el alma inundada de alcohol y ya no hay pena alguna que pueda salir a flote.

—No cambies de tema, mamón. Yo no brindo hasta que contestes a mi pregunta.

—¿La pregunta? ¿Cuál era la pregunta?

—¿Cuál era la pregunta? —repetí como un papagayo—. ¡Joder, ya no me acuerdo de lo que te acabo de preguntar!

Respondí con tanto ímpetu que me desequilibré y tuve que apoyar las dos manos en el saliente de la barra del bar para no caer de culo.

—Ten cuidado, no te vayas a romper los cuernos —metió baza Delina.

—La verdad es que estamos ya un poco perduji... percudi... perjudicados, compañero —le dije a Damián en un registro lingüístico de alta graduación.

—A ver si Delina es tan amable de servirnos la espuela y después ya nos vamos —comentó él zarandeando el vaso para hacer sonar las piedras de hielo como un sonajero.

—La espuela os la voy a clavar en el trasero como no os larguéis en cinco minutos, que tengo que recoger —contestó la mujer empuñando la escoba—. Madre mía, vaya moña que traéis.

—Eh, oye, no la traemos, la cogimos aquí —repliqué.

—Exacto, en parte la culpa es tuya, Delina —dijo Damián—. Así que no te laves las manos como Poncio, como Poncio Pi... ¿Cómo cojones se apellidaba el fulano aquel?

—Pitágoras, juraría que era Poncio Pitágoras. Pero no me hagas caso, porque estoy mamado —respondí mientras el bar daba vueltas alrededor de mi cabeza como una noria.

—Conque Pitágoras, ¿eh? Hala, se acabó lo que se daba. Coged la trenca y marchaos con la música a otra parte.

Al escuchar la palabra *música* salí de mi amnesia alcohólica.

—¡Ya me acuerdo! —anuncié a bombo y platillo.

—¿De qué, Fredo? —preguntó Damián.

—De lo que te había preguntado hace… hace… antes. ¿Tú por qué entras en el pozo cantando todos los días?

Era la misma pregunta que le había hecho unos minutos atrás, pero reaccionó como si fuera para él nueva e inesperada. Contrajo el gaznate como si estuviera conteniendo algo que no quería que escapara de su interior: un eructo, una blasfemia, una respuesta impertinente… En el chigre estábamos nosotros dos solos, Delina había ido a sacar la basura, pero antes de decir nada miró a un lado y a otro con la cautela de un estraperlista negociando una venta.

—Canto para no sentir los pasos de la muerte —dijo en voz baja, como si estuviera en un velatorio—. Si está al acecho ese día en la mina, no quiero oírla llegar, no quiero saber que viene a por mí o a por alguien cercano a mí.

Cuando te sueltan una cosa así, fúnebre y de mal agüero, en una noche de jarana te das cuenta, de golpe y porrazo, de que ha llegado el fin de fiesta, de que han apagado las luces y la música para dejarte a oscuras con tu borrachera. Pero la culpa era mía por insistir con aquella pregunta.

—La muerte puede pillarnos a cualquiera en cualquier lugar —eché mano de la filosofía barata de borracho—. Da igual que calles como un mudo o que te pongas a cantar como un grillo, no hay forma de ahuyentarla. Con la muerte hay que vivir.

¿Con la muerte hay que vivir? Menuda gilipollez. Culpa del atracón de cola y ron, pensé en mi defensa.

—Ya lo sé, Fredo. Pero si viene, no quiero oírla llegar. Y si tiene que venir, por lo menos que sea rápida.

Después de eso ya no hubo brindis. Para que el bajón de ánimo no nos doblegara, nos fundimos en un abrazo, el típico abrazo de los beodos. Damián se despegó de mí con cuidado de no caer y de no tirarme, y buscó dinero en el bolsillo de sus pantalones de pana. Sacó un billete verde más arrugado que el pescuezo de una tortuga, lo estiró y lo puso ante sus ojos, que seguramente tenían visión doble en ese momento, para convencerse de que llevaba estampada la imagen de un Benito Pérez Galdós con bigote y cejas espesas, y mirada tristona. Se aseguró así de que era un billete de mil pesetas.

—¡Cóbranos, Delina! —gritó a la nada, Delina aún no había vuelto—. Nosotros pagamos lo que debemos, debemos lo que bebemos…

—Y bebemos más de lo que debemos beber —completé la frase—. Venga, déjalo en la barra y vámonos.

—¿Alcanza con esto? ¿Falta o sobra?

—Faltar no falta, porque la anterior ya la había pagado yo. Lo que sobre queda de propina, que la pobre ya nos ha aguantado bastante hoy.

Agarramos los abrigos, salimos a la calle dando bandazos y Damián, inesperadamente, arrancó a cantar. Era una tonada asturiana que resumía en cuatro versos el ciclo de nuestra vida en aquellos tiempos:

—Gasto porque soi mineeeru, gano na mina'l xornaaal, bébolu colos amigooos, vuelvo a la mina a picaaar…

Fue la primera y la última vez que escuché cantar a Damián fuera del pozo minero.

Desde aquella madrugada no volvimos a tocar ese asunto delicado de la muerte hasta el día de mi accidente. Recuerdo a Damián nervioso, entonando *Qué bien paez un mineru* mientras secaba con su pañuelo mugriento el sudor helado de mi frente. Lo recuerdo señalando con la luz de la lámpara de su casco y con su mirada llena de pesadumbre mi pierna ensangrentada y destrozada por la embestida de una vagoneta desbocada. Lo recuerdo cantando sin descanso hasta que me sacaron del pozo. No dejó de cantar ni siquiera en la ambulancia, mientras me acompañaba en el trayecto hasta el hospital.

—¿Tan mal me ves que no dejas de cantar? —le pregunté—. ¿Lo haces para no oír los pasos de la muerte?

—No, hombre, canto para pasar el rato. En las ambulancias no ponen la radio y ese ruido de sirena me saca de quicio —dijo apretándome la mano antes de seguir entonando *Cuando la máquina va*.

Después, como si se derrumbara sobre mí una veta de carbón, todo se volvió negro. No recobré el conocimiento hasta que me reanimaron, al salir del quirófano.

Aquel día el trabajo y la mina se acabaron para mí, y doy gracias de que la mina y el trabajo no acabaran conmigo. El accidente me dejó como secuelas una cojera pronunciada y una prejubilación a edad temprana, pero me dejó también el tiempo, las ganas y los recursos necesarios para retomar los estudios y llegar a la universidad. He pensado a menudo que aquella vagoneta que me embistió fue, a fin de cuentas, una bendición, porque la mina se cobró una de mis piernas, pero me ahorró el destrozo de pulmones que tuvieron que pagar muchos de mis compañeros de generación. Lo pensé mientras oía los estertores de Damián en el hospital; esa vez era yo el que apretaba su mano, el que secaba el sudor de su frente con mi pañuelo. No tuvo hijos y ya habían muerto su mujer y su hermana, así que yo era lo más cercano a un familiar cercano, la persona que acompaña al desahuciado en las horas de agonía.

La silicosis no le concedió la muerte rápida que anhelaba. Sí, fue la silicosis, y eso es lo asombroso. Porque en la última noche sus pulmones, mortalmente heridos, sacaron fuelle, nadie sabe de dónde, y Damián no dejó de entonar, una tras otra, las canciones de su repertorio: *Ay de mí, que yá nun vuelvo*, *El corazón del mineru*, *Compañeros, llega marzu*, *Déxame pasar, que voi*, *Yo a la mina nun maldigo*... Como los ruiseñores, que siguen cantando con la noche entrada, él cantó y cantó sin flaqueza y sin miedo, hasta que al romper la mañana agotó su último aliento. ¿Y sabes qué te digo? Que estoy convencido de que Damián no llegó a oír en ningún momento el sonido de los pasos tremendos de la muerte.

EN AGUAS DEL DESTIERRO

¡Dejadme pintar de azul
el mar de todos los atlas!
RAFAEL ALBERTI

Observé desde el puente de mando cómo los embarcaban a punta de carabina, en fila india, en medio de un silencio solo roto por el graznido de las gaviotas que sobrevolaban el puerto de Barcelona. Conté cerca de ochenta hombres con ropas humildes y semblantes vencidos. Cuando el último de ellos entró en la bodega del barco y los centinelas la cerraron, el comandante de la Guardia de Asalto preguntó por mí a uno de los marineros de mi tripulación. Me abotoné la guerrera, calé la gorra de plato y bajé a la cubierta con apatía.

—Son suyos desde este momento, capitán —me comunicó el oficial.

—¿Míos? Querrá usted decir que son de aquellos —respondí señalando el cañonero Cánovas del Castillo, que esperaba fondeado para acompañarnos hasta las costas de Guinea—. Yo no tengo voz ni voto en este pleito. Soy el capitán de este barco y no me queda otra que hacer el transporte, pero no lo hago gustosamente. Nunca he tenido vocación de guardia ni de carcelero.

—Y yo nunca he tenido vocación de cura para escuchar confesiones o actos de arrepentimiento —dijo, sin duda resentido por mi comentario genérico sobre guardias y carceleros.

—De acuerdo, quedan claras nuestras posiciones —intenté rebajar la tensión.

El comandante se encogió de hombros y torció el labio inferior para hacerme saber que le traía al pairo mi opinión.

—Usted y yo cumplimos órdenes —sentenció—. Es lo que toca en estos tiempos, cumplir órdenes y rendir cuentas.

Con movimientos que parecieron sincronizados, nuestras miradas siguieron trayectorias distintas; él giró la cabeza hacia el Cánovas del Castillo para ojear la cubierta artillada del cañonero de la Armada, y yo la alcé al cielo para tantear cuánto tiempo de luz le quedaba a la tarde.

—¿Quiénes son todos estos hombres que han embarcado? —le pregunté al cabo de unos segundos.

—¿Cómo? ¿No le han informado? —preguntó extrañado.

—No, a mí no me han dicho nada.

—Son los mineros del Alto Llobregat.

—¿Los mineros del Alto Llobregat? Sigo como estaba, capitán.

—Capitán es usted. Yo soy comandante, comandante del Cuerpo de Asalto.

—Disculpe, no entiendo mucho de galones.

—Disculpado está. Son los mineros anarquistas que tomaron Manresa hace unas semanas.

—No estoy al corriente.

—¿Pero usted se ha caído de un guindo o qué?

Respondí a su comentario con una mirada reprobatoria. Estaba en mi barco y no tenía por qué aguantar impertinencias. No obstante, acabé dando otra respuesta justificadora.

—Yo paso la mayor parte del tiempo en altamar, donde las únicas noticias que importan son las concernientes a los vientos, las corrientes, las borrascas y el tráfico de buques.

—Le envidio, con todo lo que está pasando por aquí últimamente... Ojos que no ven, corazón que no siente. ¿No se ha fijado en uno de los detenidos que cojeaba al subir al barco?

—Sí, claro.

—Pues ese es Manuel Prieto. Lo llaman *el Coix*.

—Salta a la vista por qué lo llaman *el Cojo*.

—Es asturiano, de los valles mineros. Fue el cabecilla del levantamiento en el Alto Llobregat. Le aconsejo que no lo pierda de vista en lo que dure la travesía.

—Vuelvo a decirle que no soy carcelero, comandante —repliqué recalcando su rango.

—Usted verá, pero yo tendría cuidado con él y con alguno de los anarquistas de Barcelona que lo acompañan. De Durruti habrá oído hablar, ¿no?

En ese momento fui yo el que me encogí de hombros y torcí el labio. No me sonaba de nada el tal Durruti. A bordo del Buenos Aires yo había vivido aquellos años distanciado de la realidad social y política de España, apurando la era dorada de la navegación con la ruta transatlántica que nos llevaba, en un ir y venir constante de turistas y de emigrantes, desde Génova a Buenos Aires, desde el Tirreno a Río de la Plata, con escalas en Marsella y en Barcelona, en Santa Cruz de Tenerife y en Montevideo.

Ahí embarrancó la charla entre nosotros. El comandante de la Guardia de Asalto hizo una señal a sus hombres para que abandonaran la nave y él fue el último en desembarcar.

Zarpamos cuando las farolas empezaban a iluminar Barcelona ramblas arriba, bajo un viento mistral, de componente noroeste. La travesía hasta Cádiz discurrió sin incidencias y en el puerto gaditano completamos aquel pasaje de carne de destierro con dos docenas de sindicalistas y jornaleros que, por lo que supe después, habían asaltado los cortijos de varios hacendados andaluces. Fue entonces cuando acabé de convencerme de que yo no tenía estómago para aquel cometido, aunque tampoco tenía arrestos para desobedecer a la naviera que me pagaba religiosamente el salario. A mi barco y a mí ya nos quedaba muy poco para la jubilación y hasta que llegara ese momento ambos nos debíamos a la Compañía Transatlántica Española, que le había cedido el buque al Gobierno de Manuel Azaña para alejar de la península a aquellos anarquistas, sin juicio ni sentencia, en aplicación de la Ley de Defensa de la República aprobada en las Cortes de la República.

Manuel Prieto, Buenaventura Durruti y yo no nos miramos cara a cara hasta que ellos y los demás expatriados se amotinaron, a pocas millas de las costas del África subsahariana, hartos ya de viajar en la bodega sin que nadie los informase de cuál iba a ser el destino final de su confinamiento. Sucedió todo en un abrir y cerrar de ojos: tomaron la cubierta y el puente de mando, y yo rendí el barco sin oponer resistencia, porque no tenía arte ni parte y porque no quería que pesara sobre mi conciencia el derramamiento de sangre por tratar de imponer la autoridad en aquel navío que ya prácticamente era un cascarón flotante. Lo que en otra época había sido un soberbio transatlántico, construido en un astillero escocés, ahora era una carraca achacosa que resoplaba por sus cuatro chimeneas y a la que le estaba llegando la hora de poner proa al desguace.

Obviamente, el capitán de fragata al mando del Cánovas del Castillo no compartía mi actitud no intervencionista y ordenó zafarrancho de combate al ser informado de lo que estaba ocurriendo en mi navío. Tras unas horas de tensa negociación con los representantes de los amotinados, asumió, en su nombre y en el mío, una serie de concesiones. Los prisioneros harían el resto de la travesía respirando aire fresco en la cubierta durante las horas diurnas. Se comprometió también a mejorar el rancho, porque los desterrados llevaban varios días alimentándose básicamente de plátanos.

Con ese nuevo ambiente, más distendido para todos los que estábamos obligados a convivir en el Buenos Aires, comenzaron a surgir chispazos de simpatía entre los jornaleros, los mineros, los sindicalistas y mis marineros. Todos procedían de familias humildes del campo, de la mina y de la mar. Todos compartíamos aquel viaje en el que unos conducían a otros al destierro, en el que a nadie le gustaba representar el papel que le habían asignado.

Tengo el vívido recuerdo de una de las últimas tardes de la travesía, cuando unos y otros hermanaron sus voces cantando *Anda jaleo.*

Arrancaron algunos de mis hombres:

En la calle de los muros
mataron a una paloma.

Yo cortaré con mis manos
las flores de su corona.

Continuaron algunos de los deportados:

Anda jaleo, jaleo,
ya se acabó el alboroto
y ahora empieza el tiroteo.

Durruti y el Cojo no prestaron atención a esa escena que a mí me resultó emotiva. Ambos se habían alejado caminando hacia la proa, parecían enfrascados en un acalorado debate. Saqué en conclusión que ambos tenían ideas semejantes, pero no idénticas. Los seguí con una mirada subrepticia y cómplice, como uno de esos taberneros de puerto que saben perfectamente que los marineros que toman asiento cada tarde en la mesa más escondida de su taberna van allí a tratar temas ajenos a la legalidad y al orden establecido.

Lo cierto es que me sorprendió el pequeño desencuentro entre ambos. Manuel Prieto era un hombre reflexivo y sereno, por lo que vi con mis propios ojos y por lo que escuché en boca de sus compañeros más cercanos de travesía. Uno de ellos me reveló que, cuando estaban haciendo prácticas de tiro en un monte del Alto Llobregat con las pistolas y las escopetas que habían ido reuniendo para preparar la insurrección, Manuel Prieto le llamó la atención a uno de los mineros por disparar a los árboles. Le dijo algo así como que los árboles también son seres vivos y que no merecen agresiones gratuitas.

El Coix despachó las últimas mañanas en aguas del destierro absorto en sus pensamientos. Hablaba poco y paseaba mucho, casi siempre en soledad, de proa a popa y de estribor a babor, bajo el sol del Trópico de Cáncer, arrastrando por la cubierta la pierna que le había dejado inútil un derrabe de carbón en un pozo minero asturiano dos o tres décadas atrás. Al atardecer, fijaba su mirada en poniente para beber con los ojos la luz de horizonte, ese límite rojizo e inalcanzable donde la mar y el cielo son una sola cosa. Yo imaginaba que su admiración por la mar tenía algo que ver con su condición de minero, porque un minero está acostumbrado a la oscuridad y al encierro, y sería lógico que se asombrara ante la visión de un océano sin barreras. Pero en la víspera del desembarco me sacó de ese engaño. Aproveché el pretexto de que la travesía llegaba a su fin para ofrecerle un cigarrillo y charlar un rato con él. «Me gusta el océano porque no tiene dueño ni patrón», me confesó echando mano de su esencia anarquista. Recitamos a dos voces la *Canción del pirata*, de José de Espronceda, que por distintos motivos ambos habíamos memorizado en nuestra adolescencia. Discutimos, discrepamos sobre el mensaje que quiso transmitir el poeta extremeño con esa obra; él afirmaba que el poema tenía valores anarquistas, yo aseguraba que era un poema de esencia marinera. Zanjamos la controversia admitiendo, de común acuerdo, que posiblemente los dos teníamos una parte de la razón.

Cuando por fin atracamos, me despedí de Manuel Prieto y de José Buenaventura Durruti en la pasarela de estribor con un cordial apretón de manos, sin ninguna causa pendiente entre nosotros. Yo les deseé suerte en el destierro y en la vida. Ellos, acostumbrados a afrontar los tiempos en distancias cortas, me desearon únicamente una travesía tranquila de regreso a la península y que nunca más tuviera que hacer un viaje como aquel con el Buenos Aires.

No los volví a ver después de aquello. Supe que los dos murieron en los primeros meses de la guerra civil. El asturiano cayó con otros milicianos en una emboscada de la Guardia Civil en Pina de Ebro, a apenas treinta kilómetros de Zaragoza. El leonés murió en Madrid, en el frente de Ciudad Universitaria. Para entonces, yo ya había logrado la anhelada jubilación, y el Buenos Aires, que nunca pudo librarse de aquel hedor a cárcel y a destierro, estaba pudriéndose en el puerto menorquín de Mahón, bajo el sol implacable y justiciero del Mediterráneo.

LAS HORAS FINALES DE DULCE GAVÁN

Hay que tener miedo de la vida, no de la muerte.
MARLENE DIETRICH

Dulce Gaván pasó al salón de su piso con los tres compañeros de viaje que había escogido para recorrer las horas finales de su vida: una botella llena de vodka, un revólver lleno de balas y una fotografía llena de recuerdos.

Pulsó el botón de la cadena musical y esperó de pie hasta que reconoció la melodía de *Send me an angel,* de Scorpions. Colocó meticulosamente en la mesa ovalada de caoba, en posiciones equidistantes, el Absolut Vodka que había comprado esa tarde en la tienda de la esquina, el Colt Anaconda que le había confiscado a una víctima unos meses atrás y una imagen de Polaroid que guardaba como oro en paño desde los años ochenta. Seis vasos de vodka de 40 grados, seis balas del calibre 44 y una fotografía de cuatro niños bastaban para afrontar las horas finales.

Tomó asiento en una de las sillas de cáñamo. Llenó el vaso de culo ancho y vidrio grueso sin perder de vista el revólver de cañón plateado que miraba a la puerta como un depredador que espera con ansiedad la llegada de la presa. La tormenta tropical de marzo arrojaba aguaviento a manotazos sobre el indefenso cristal de la ventana. Las palmeras de la rúa das Laranjeiras batían las palmas entreverando su sonido vegetal de hoja y madera con el silbido del viento que soplaba desde la bahía y con el crepitar del aguacero que caía a jarros desde el cielo de Río de Janeiro.

Antes de inaugurar la botella de vodka, hundió una mano en el bolsillo interior de la cazadora de ante que abrazaba el respaldo de la silla. Sacó el teléfono móvil y marcó el número del cabrón que la había sentenciado.

—¿Eres tú? —preguntó su interlocutor, como si no acabara de creerse que la que llamaba era Dulce Gaván, Dolce & Gabbana según el alias que le había atribuido él mismo muchos años atrás.

—Soy yo. Todavía soy yo, Dulce Gaván —reivindicó ella su verdadero nombre—. Estoy informada, sé que has dado la orden de «cambiar de perfume». No pienso huir, te lo pondré fácil. A cambio solo te pido una cosa…

—Te escucho.

—Que Agostinho no esté entre ellos, tienes gente de sobra para hacerlo.

Silencio sepulcral al otro lado del teléfono. Fin de la llamada.

Agostinho y Dulce habían renunciado tiempo atrás al anhelo, al deseo vehemente de seguir juntos, pero no sin antes hacerse una promesa en su despedida. «Si alguna vez eres tú el objetivo, te prometo que será rápido. Sin aviso, sin incertidumbre, sin el menor sufrimiento. Quiero que tú me prometas a mí lo mismo», dijo ella. Agostinho asintió enjugándose las lágrimas ácidas de la borrachera y las lágrimas amargas del desaliento.

Dulce Gaván devolvió el móvil al bolsillo interior de la cazadora de ante. El primer lingotazo de vodka, áspero, fue como un disparo a quemarropa en el paladar. Su mano izquierda abandonó el vaso cuando ya no quedaba en él ni una gota de alcohol y esa misma mano pasó de la rudeza a la ternura para coger la fotografía. La situó bajo la espiga de luz de la lámpara colgante que delimitaba el territorio central de la mesa. Quería apreciar nítidamente el resplandor de aquellas cuatro sonrisas, aún inocentes, aún infantiles, aún virginales, que alguien había reunido tras la cámara Polaroid en otro siglo, en otro mundo: la suya, la de Larissa, la de Antônio, la de Gilberto. Los cuatro con mirada obnubilada, como si estuvieran escuchando en ese instante el final feliz de una fábula, ligados entre sí con sus manos de piel oscura como si fueran las cuentas de un collar de azabache en ese delicado cuello de cisne que es la niñez. Nova Cidade, 1989. No pudo recordar el mes, trató de deducir al menos la estación del año por los tonos y por la apariencia del reducto de plantas que daban un toque de verdor a la grisura de cemento y aluminio de aquel callejón chabolista. No logró recordar la fecha, aunque lo que más le entristeció fue no poder recordar con precisión el olor a harina de mandioca frita, el sonido de la cuica, del reco-reco, de la *caixa de guerra* de la batucada sonorizando aquella favela de Río, el acento colombiano azucarado de su padre, la mirada de café intenso de su madre…

Por el contrario, recordaba al detalle aquello que hubiera querido olvidar: la letanía de fechas, números y lugares, de camas de hospital, de nichos de cementerio que

trocaron en dolor aquella foto de rostros felices. No había conseguido extirpar de su memoria el año, el mes, el día y la hora exacta de la muerte de Gilberto, de Larissa, de Antônio. Ni la cantidad de balas que recibieron cada uno después de que perdieran, como ella, la pureza y la inocencia.

En la cadena musical empezó a sonar *Sinnerman,* de Nina Simone. Dulce Gaván buscó con los ojos la botella y el vaso para servirse otra dosis de vodka y en ese momento su móvil desprendió un zumbido. Ya había borrado de la agenda de contactos su nombre y el historial de mensajes (mitad por despecho, mitad por precaución), pero no le costó reconocer el número desde el que llegaba el wasap redactado con la economía gramatical de un telegrama. *Sigo queriéndote. Tengo transporte seguro, Chevrolet Montana con placas dobladas. Aún estamos a tiempo,* decía el mensaje de Dina. Dejó el teléfono en la mesa, sin intención de contestar. Llenó el vaso, deprisa y por segunda vez, pero en esta ocasión bebió con lentitud. Hundió los dedos en su melena y apoyó los codos sobre la mesa como una atribulada estudiante que sabe que tiene deberes atrasados. No era justo marcharse así, se dijo a sí misma. No merecía eso Dina, la única persona que la había amado sin ponerle condiciones y sin imponerle renuncias. Volvió al teléfono y tecleó media docena de palabras lapidarias para poner a Dina a salvo y para que Dina pudiera salvarla a ella en el recuerdo. *Olvídate de mí. Ya estoy muerta,* escribió.

Aguardó inmóvil ante el móvil hasta que otro zumbido electrónico anunció la llegada de un segundo mensaje. *Sigo queriéndote,* decía Dina. Era una repetición, pero no era una insistencia. Sonaba más bien a un adiós. Dina renunciaba. Quizás porque no tenía el coraje necesario para cambiar con ella de ciudad, de país, de trópico, de vida. Para compartir con ella el resto de sus días mirando atrás a cada paso, en cada calle, en cada esquina... El miedo es más poderoso que el amor, sacó en conclusión Dulce Gaván antes de apagar el móvil, primero, y la torre de sonido, después.

Al otro lado del cristal apaisado de la ventana, la tromba de agua había cesado y el viento oceánico de la bahía de Guanabara ya no hacía tiritar las palmeras tuteladas por el asfalto. El traqueteo de un motor a 1100 revoluciones por minuto rompió el silencio. Dulce se acordó entonces de que había puesto la lavadora y que estaba en el centrifugado final. Hacer la colada cuando ya nada importaba le pareció un gesto ridículo y crucial al mismo tiempo. Le vinieron a la mente las circunstancias de uno de sus últimos encargos, cuando allanó en Barra da Tijuca la casa de un suboficial de la Brigada de Policía Militar que no había respetado las reglas del juego no escritas. Cuando las vio llegar a ellas dos, a Dulce Gaván y a su pistola con alta tasa de mortalidad, el hombre recorrió con la mirada su dormitorio matrimonial para tratar de calibrar las opciones de salvación que le quedaban, y llegó a la conclusión de que eran nulas. Plantado a los pies de la cama doble, el policía observó la funda con su Beretta reglamentaria donde la había dejado la noche anterior, en la mesita junto al cabecero, en un lugar inalcanzable para él en ese último trance. De modo que el sentenciado se puso a recoger, uno tras otro, los cinco o seis pares de pantis de mujer y de calcetines de hombre recién lavados que había sobre la colcha estampada y perfumada con lavanda que le disputaba el aire a la fragancia de Dolce & Gabbana con la que Dulce Gaván solía dejar la rúbrica de sus trabajos allá por donde pasaba. Mientras hacía el ovillo del último par con manos temblorosas, el suboficial de policía miró a los ojos a la sicaria para pedirle que lo hiciera rápido, porque estaba a punto de regresar a casa su mujer, que no tenía culpa de nada. A continuación, se apartó de la alfombra de color hueso que estaba pisando, como si lo que más le preocupara era que su ejecución, inevitable, inminente, dejara manchas de sangre difíciles de limpiar para su viuda. Justo antes de descerrajarle dos disparos en el pecho, la sicaria se preguntó si esa reacción era un gesto grotesco o un acto de amor supremo.

Dulce Gaván devolvió la atención a la instantánea de la Polaroid. Nova Cidade, 1989. Fue el año en el que ganó una pistola y en el que perdió la infancia. Hay nombres que abandonan a su suerte a las personas que portan esos nombres desde el bautizo hasta el entierro. El suyo, por ejemplo, porque en su vida lo que menos hubo fue dulzura. O el de Liberato, que a pesar de que su nombre sugería libertad acabó sus días en cautividad, en una cautividad sin barrotes. Liberato era un vertebrado con poco de mamífero: tenía mirada de ave depredadora, lengua de reptil, la capacidad de adaptación al medio de un anfibio y el cerebro de un insecto. Fue él el que aquella noche de 1989 colocó sobre una mesa de playa, frente a Dulce, un vaso y una botella de cachaza, una pistola y un cargador. Fue él el que con un gesto enérgico ordenó a la chiquilla que pasara al camastro del cuarto trasero. «Entre nosotros, los sicarios, no hay santos y tampoco puede haber vírgenes», le dijo mientras le bajaba las bragas.

Dulce Gaván dio buen uso a aquella primera pistola, pequeña y mortal como un escorpión negro: el alacrán acabó picando a su criador. Liberato dominaba las calles, pero no podía poner un pie en ellas. Pesaba sobre él la condena a muerte de otras bandas que le disputaban el control de la favela. Y fue precisamente aquella niña-mujer a la que le había robado la virginidad la que lo liberó de la pesada carga de su cautiverio vaciando sobre Liberato todo el plomo de un cargador, cobrando además por ello la recompensa de cien mil cruceiros que ofrecía por su cabeza uno de los clanes rivales.

El tambor de la lavadora dejó de girar. Dulce Gaván extendió la mirada hasta más allá del salón pobremente iluminado por la lámpara, y más allá solo vio la oscuridad. Se inquietó ante esa oscuridad, se estremeció ante el descomunal silencio. Estaba convencida de que la muerte era eso: oscuridad, silencio, un tambor (de revólver, de lavadora, de batucada, daba igual) que deja de sonar para siempre… Buscó de nuevo el sonido del vodka cayendo en cascada sobre el vaso. Bebió sin prisa la penúltima dosis de ese remedio contra el dolor del alma. El reloj de pared desgranaba los minutos vorazmente, las dos agujas estaban ya a punto de converger en las doce de la medianoche.

Apagó la luz, tal vez para empezar a familiarizarse con eso que llaman la oscuridad eterna. Sintió unos golpes de nudillo en la puerta del piso. No tocaron el timbre, no forzaron la entrada. Cuatro toques medidos, con una pausa entre el segundo y el tercero que a ella le bastó para descifrar la llamada. Dulce reconoció la cadencia de esos nudillos que estaban haciendo sonar la madera, los había visto golpeando la puerta de otras víctimas mientras ella enroscaba el silenciador y hacía una señal de conformidad a su compañero, el que ahora estaba allí fuera. «¿Por qué tuvo que enviar a Agostinho?», se preguntó.

Se puso la cazadora, enrolló su fular de color guayaba alrededor del cuello y con los pies desnudos caminó lentamente hacia la puerta. Así quería posar para el fotógrafo de la policía, para el forense, para el juez de distrito. Descalza, como cuando correteaba por las callejas de Nova Cidade sin conflictos con la vida. Caminó lentamente con la vieja fotografía embutida en un bolsillo trasero de sus tejanos ajustados. Caminó lentamente con la botella casi vacía de alcohol en la mano izquierda. Caminó lentamente con el revólver lleno de balas en la mano derecha.

Se detuvo un instante en el recibidor para echar el trago final. Al otro lado habría tres, tal vez cuatro tiradores, porque ella no merecía menos. Estarían distribuidos por el rellano y la escalera. Si no le fallaba el pulso, si acertaba con la puntería podría llevarse por delante al menos a un par de ellos.

Comenzó a tararear un tema de Nara Leão: *Quem no coração abrigou a tristeza de ver tudo isto se perder, e na solidão procurou um caminho e seguiu já descrente de um dia feliz...* Dejó en el suelo el casco de Absolut, completamente vacío. Aferró la manija para abrir la puerta y tiró de ella impetuosamente. Su primera bala, rápida, sin aviso, sin incertidumbre, se alojó en la frente de Agostinho. Después un disparo errado y nada más. El destino solamente le concedió a Dulce Gaván esos segundos de deferencia para que pudiera cumplir con Agostinho algo así como la promesa de un viaje juntos hacia la eternidad.

SOL DE ABRIL

En un beso sabrás todo lo que he callado.
PABLO NERUDA

Un rayo matutino traspasó el cristal de la ventana, que daba a Barrington Road, e hizo diana en la taza de té humeante que Maggie había dejado enfriando en la mesa rinconera mientras iba hasta la encimera para guardar el sándwich y la manzana en una bolsa de papel de estraza.

La mujer volvió a la mesa con andar aún soñoliento, posó en la superficie de formica la bolsa con el almuerzo de su marido, ajustó el lazo del cinturón de su bata y se sentó en la banqueta de patas cromadas contigua a la ventana. Al mirar hacia la taza descubrió el truco de luz que el sol de abril estaba interpretando para ella, para nadie más, en ese ángulo de la cocina; el té brillaba con un tono ámbar cristalino y emanaba un vapor deshilachado, como finos tentáculos de una grácil medusa, que se invisibilizaba a los pocos centímetros de levantar el vuelo, allí donde todavía no triunfaba la luz incipiente de la mañana. Lo contempló embelesada mientras sostenía con dos dedos la cucharilla cargada de azúcar sin atreverse a volcarla en la infusión por temor a arruinar esa imagen, más dulce que toda la sacarosa que pudiera verter en la taza de loza.

—¿Ya estás otra vez con lo de controlar el peso?

A Maggie, absorta en sus pensamientos, le llevó unos segundos reaccionar ante la pregunta de su marido, que acababa de entrar con sigilo en la cocina.

—¿Por qué lo dices, Gary? —preguntó ella abandonando el embeleso.

—Porque te veo ahí, con la cucharilla en el aire, decidiendo si vas a echar o no el azúcar...

—Ah, no, no es eso. Estaba distraída, pensando.

—¿En qué piensas, cariño? —formuló él esa pregunta universal, tantas veces repetida por personas que se aman.

—En lo bonita que viene la mañana.

Ella apartó la vista del truco de luz del amanecer para fijar los ojos en su marido por primera vez ese día. Él notó la mirada minuciosa de su mujer examinándolo de arriba abajo igual que examina un sastre al cliente al que lleva vistiendo toda la vida, y enderezó su cuerpo como si estuviera pasando revista. A Maggie le brotó en los labios una sonrisa henchida de ternura al verlo hecho un cromo, recién afeitado, con la gorra Gatsby de cuadro escocés verdinegro que ella le había regalado en Navidad y vistiendo el único traje que tenía, el atuendo que normalmente reservaba para fechas especiales de festividad y banquete. La mujer hundió por fin el azúcar en el té, sin prestar atención a la cucharilla ni a la taza, y se levantó de la banqueta como si la catapultara un muelle para ir a ajustarle a Gary el nudo Windsor de su corbata azul petróleo de pala ancha. Seguidamente, retrocedió unos pasos y lo contempló de nuevo en un plano amplio, para confirmar que cada prenda, cada botón y cada pliegue estaban en perfecto estado.

Él, agobiado por ese prolongado examen visual, sintió el impulso de esconder en los bolsillos de la chaqueta sus manos callosas, resecas, agrietadas, maltratadas por la estiba, pero cuando amagó con hacerlo ella solo necesitó un leve gesto de desaprobación, tensando los labios, para que Gary detuviera la maniobra. El hombre dejó caer los brazos a plomo bajo las caderas mientras Maggie volvía hacia él y le aferraba las dos manos con fuerza, como si quisiera sujetarlo para que no se despeñara por el precipicio de sus inseguridades. Las manos de la mujer estaban frías, las del marido estaban tibias.

—Manos frías, corazón caliente —dijo él ante el frescor que irradiaban los dedos y las palmas de su esposa. Y la abrazó abarcando con sus brazos, fornidos y macizos como una grúa del puerto, la espalda de la mujer, estrecha pero resistente como una rama de abedul.

—Lo he visto, estabas a punto de esconder las manos en los bolsillos. ¿Por qué? —preguntó ella sin el menor suspense, conocía la respuesta.

—No sé, mujer, estabas mirándome fijamente…

—Te estaba mirando porque me gustas, y porque hoy vas hecho un pincel. ¿Por qué querías meter las manos en los bolsillos? —insistió ella.

—Pues porque llevar un traje elegante con estas manos estropeadas por el trabajo… Esta ropa le queda bien a la gente fina, nosotros somos obreros…

—Calla, haz el favor —lo interrumpió Maggie—. El agua que hierve vale tanto para ablandar la patata como para endurecer el huevo.

—¿Y eso qué quiere decir?

—Nada, un refrán, cosas mías.

—Maggie, no sé yo…

El hombre dejó la objeción en punto muerto. Se aproximó a la mesa, donde el rayo de sol de la mañana ya había rebasado el té de Maggie. Cogió la taza y sorbió un trago, la infusión ya estaba casi fría.

—No hay nada que esconder, Gary —dijo ella con una mirada de estaño, de esas que sueldan heridas—. No hay nada de lo que avergonzarse —precisó—. Yo estoy muy orgullosa de tus manos. Esos callos y esas heridas que tienes en ellas no son otra cosa que medallas de honestidad y de dignidad.

—¿Medallas? —repitió él con incredulidad.

—Medallas —confirmó ella con determinación—. No escondas tus manos en presencia de nadie. Valen muchísimo más que las manos perfumadas y ensortijadas del duque de Norfolk o de cualquier mangante de la Cámara de los Lores.

Él sonrió, volvió a enlazar sus dedos con los de ella y ambos guardaron un silencio dilatado, como si el tiempo aún no se hubiera creado, como si aún nadie hubiera inventado el reloj ni el calendario.

Una algarabía de voces superpuestas empezó a repiquetear en la calle. Eran los compañeros de Gary, venían a buscarlo. Aquella jornada de movilización comenzaba con algo asemejado a un pasacalles: el sindicato había organizado una ruta que discurría por todas las calles en las que vivían estibadores llamados a la huelga. El grupo acogía con un aplauso a cada compañero que se iba sumando a la marcha. Se oyó un batir de palmas y tras él un grito de mujer resquebrajó la espera inquieta de la mañana.

—¡Vivan los estibadores! ¡Arriba la clase obrera! —voceó la mujer.

Maggie miró de reojo a la ventana y Gary entornó la vista al techo. Ambos estaban compitiendo para ver quién era el primero en ponerle nombre a aquella voz.

—Esa es Patsy Evans —se adelantó Maggie—. Está despidiendo a su marido.

—Una mujer de armas tomar —comentó Gary.

Los dos rieron y sus ojos se buscaron como se buscan con la mirada las islas cercanas en un archipiélago cuando desaparece la bruma. Gary abrió los visillos y vio al marido de Patsy abandonando el nutrido piquete al que acababa de incorporarse para regresar precipitadamente a la entrada de su casa y darle un beso apasionado a su mujer.

—Prométeme que vas a tener cuidado.

La petición de Maggie hizo que Gary devolviera la atención y la mirada al interior de la cocina. Sus hombros robustos y la proa de su gorra verdinegra viraron ciento ochenta grados. Gary le dio su palabra, una sola palabra:

—Prometido.

—Y si hay problemas con la policía o con los esquiroles avísame. O que algún compañero avise a su mujer. Ya nos arreglamos entre nosotras para hacer que corra la información. Y para ir donde haga falta.

Él asintió con seriedad, pero sin exagerar: no quería que pareciera que se tomaba a broma la preocupación de su esposa, pero tampoco quería darle a entender que esa preocupación era justificada porque la jornada se presentaba tensa. Ella le ofreció la bolsa de estraza con la mano derecha mientras apretaba el puño izquierdo, en el que escondía algo que acababa de sacar secretamente de un bolsillo de la bata.

—Aquí va tu almuerzo.

—Sándwich de queso con cebolla y salsa de rábanos, ¡qué rico! —exclamó Gary al abrir el envoltorio.

Ella aprovechó esos segundos de distracción, introdujo el puño discretamente en uno de los bolsillos de la chaqueta y dejó caer un billete de cinco libras esterlinas para que Gary se tomara unas pintas de cerveza en el *pub* por la tarde, cuanto todo hubiera acabado.

Se despidieron con un beso intenso. Maggie no se asomó a la ventana ni salió a la calle a despedirlos. Escuchó desde la cocina el aplauso de acogida a Gary. Volvió a sentarse en su banqueta y vio que el contenido de la taza ya había perdido la refulgencia ámbar. Mientras apuraba el té encendió el transistor. Sonaba *I want to hold your hand*, de los Beatles, que la invitaba a bailar.

And please say to me you'll let me hold your hand…

Llevó la taza vacía al fregadero contorneando el cuerpo al ritmo de la música de sus paisanos de Liverpool.

Now, let me hold your hand. I want to hold your hand…

Cualquiera que la hubiera visto en ese instante habría pensado que estaba bailando sola. Ella, solo ella, sabía que estaba bailando con la mañana.

And when I touch you I feel happy inside.

Un cuarto de siglo más tarde, en otra mañana de abril, la viuda Maggie abrió el grifo del fregadero y dejó que el agua inundara la taza en la que acababa de tomar el té del desayuno. La lavó, la dejó en el escurreplatos y regresó a la banqueta vetusta e incómoda desde la que presenciaba, a través del cristal de la ventana, el vaivén de un tiempo colonizado ya por la soledad. Los ojos de Maggie, de un verde menta matizado por un tono de nostalgia, columbraron sobre el tejado bermellón de la casa de enfrente la grisura del día. La mañana, recién bañada por la lluvia de abril, posaba su mano húmeda en el hombro desnudo de la ciudad.

Devolvió la atención a la mesa y su trémula mano planeó como un ave cansada sobre la superficie de formica hasta llegar al centro, donde su nieta Gloria le había dejado la noche anterior, cuando ella ya dormía, un enigmático obsequio. Maggie rasgó el papel del envoltorio y su mirada de menta recobró todo el frescor al ver aquella gorra Gatsby de cuadro escocés. La cogió con ambas manos y se la llevó a la cara: olía a cerrado y a humedad, pero de algún modo adivinó también en ella el olor de Gary. Dejó sobre la mesa la gorra de su difunto marido conteniendo la emoción.

Además de la gorra, en el paquete había un sobre y un libro de tapa dura. En el interior del sobre había una nota manuscrita. Reconoció la caligrafía agitada de su nieta Gloria, que le explicaba, sucintamente, que en un local del sindicato habían localizado, «¡a buenas horas!», algunos enseres personales que perdieron los estibadores durante las cargas y los enfrentamientos con la policía en la huelga de los años sesenta. Eran objetos que alguien, algún viandante o la propia policía, hizo llegar después al sindicato, que «no puso mucho interés en dar con sus propietarios». El caso es que Gloria reconoció aquella gorra de la que tanto le había hablado su abuela cuando ella era una niña, la gorra que la abuela Maggie siempre había echado de menos, desde el mismo día en el que desapareció hasta el mismo día de la muerte de su marido.

Su nieta le hablaba también en el escrito sobre el libro de fotografías que completaba el paquete. Lo había publicado el sindicato para conmemorar el veinticinco aniversario de aquella huelga de los estibadores de Liverpool. Y ahí acababa el rastro de la caligrafía agitada de su nieta, que prefirió que la curiosidad de su abuela la condujera a descubrir por sí sola el resto.

Maggie abrió el libro y fue pasando las hojas sin escatimar tiempo, porque el tiempo ya era para ella un bien inservible, una riqueza irrecuperable. Fue ojeando con calma, una a una, las instantáneas hasta que se topó con la imagen que monopolizaba las dos páginas centrales. Expuso el libro a la luz desmayada de la mañana y sus ojos se humedecieron súbitamente. La fotografía había sido tomada desde el lado de los policías. Se veían en primer término los uniformes de los agentes, que se disponían a cargar contra los estibadores, uniformados también ellos a su manera, con sus trajes de domingo y sus elegantes gorras obreras, inmóviles y solemnes como un monolito mientras a su alrededor iba formándose un violento torbellino de acontecimientos. Las miradas desafiantes de los trabajadores asomaban entre las porras policiales para incrustarse como piedras preciosas en el objetivo de la cámara. Y, sobrevolando los toletes, las manos callosas, resecas, agrietadas de aquellos obreros de la estiba se alzaban al cielo apuntando al sol de abril. Gary estaba en el centro de la escena, miraba también él hacia el ojo de cíclope de la cámara, impasible bajo su gorra verdinegra ante una porra que se cernía sobre su frente. Maggie supo que esa imagen recogía el preciso momento en el que su marido estaba a punto de recibir la nueva medalla de honestidad y de dignidad con la que aquel día volvió a casa: una ceja rota.

MUERTE DE SÓCRATES EN PARÍS

¿Preguntas qué es la libertad? No temer a los hombres ni a los dioses.

SÉNECA

Marie mojó en el tintero la pluma de ganso y sopló el papel, para que se secara la tinta, como si estuviera soplando el fuego de una chimenea que amenaza con abandonar el combate contra el frío. Se sentía batida y abatida, y a pesar de ello tenía la imperiosa necesidad de seguir escribiendo, de dejar testimonio.

Se frotó los párpados y buscó unos minutos de evasión examinando el pequeño escenario en el que representaba, para un público inexistente, el acto íntimo y último de su vida. Examinó en primera instancia el utensilio de escritura que estaba usando, un regalo que le había hecho llegar una correligionaria envuelto en un pañuelo perfumado con agua de Hungría, la fragancia de flor de romero y aguardiente de la que se decía que ayudaba a combatir el desánimo y la nostalgia. La pluma era de las llamadas primarias, de las primeras a las que renuncia el ganso durante la muda de plumaje. Era paradójico, pensó ella, que un complemento tan frágil e innecesario para un ave torpe sirviera para escribir y firmar textos hermosos o textos terribles, textos reparadores o textos irreparables: una carta de amor o una declaración de guerra, una obra literaria o una orden de detención, una fe de nacimiento o una sentencia de muerte…

¿Y el escritorio? Marie sobrevoló con la mirada las cuatro esquinas del escritorio como si el mueble fuera un recién llegado a la estancia. Era una escribanía en disputa entre dos estilos que se odiaban, entre la desobediencia a la geometría del rococó y la disciplina geométrica del neoclasicismo. Igual que la Francia enturbiada, irreconciliable, de esos días, dijo ella dándole conversación a su mente.

El ruido de la cerradura de la puerta la sobresaltó. Perdió el control de la mano y la pluma con la que estaba escribiendo hirió el folio con un arco de tinta, pequeño pero visible, que no formaba parte de la arquitectura de ninguna letra del alfabeto latino. Guardó en el cajón superior del escritorio la pluma, la hoja y el tintero tan deprisa que podría parecer que los escondía, aunque quizás era eso lo que estaba haciendo. Se arregló el pelo con las palmas de las manos, en un gesto de decoro más que de presunción, mientras miraba hacia la entrada del cuarto con inquietud.

La puerta se abrió con un son quejicoso, como si una dolencia parecida al reuma atacara sus bisagras. Marie respiró con cierto alivio cuando vio al otro lado a Camile, la hija mayor de la posadera.

—¿Camile? —preguntó. Y Camile no supo muy bien qué responder al escuchar su nombre con esa entonación interrogativa, de modo que acercó a su cara el quinqué con tubo de cristal que sostenía, por si a la huésped no le había bastado para reconocerla con la luz del candil de aceite que parpadeaba desde la mesa en la que Marie estaba escribiendo.

—Sí, yo soy. No temáis, ciudadana.

La frase invitaba a creer lo contrario de lo que decía. Marie receló al escuchar que Camile no se dirigía a ella por su nombre, como ya estaba establecido entre ellas dos, sino con ese tratamiento neutro, oficialista.

—¿Qué te trae a estas horas, Camile? ¿Vienen ya a trasladarme?

—No, no es eso. Tenéis una visita.

—¿Una visita? —preguntó Marie—. ¿Tan tarde?

—Sí. Es... —dijo y no dijo la buena de Camile. La identidad del visitante se quedó trabada entre sus dientes como una blasfemia que se resiste a salir de la boca de un creyente—. Es una visita importante...

Antes de que Marie tuviera tiempo e intención de seguir preguntando, vio un uniforme azul añil y blanco de la Guardia Nacional de París encuadrado en la puerta. El joven guardia entró sin tomarse la molestia de saludar, miró en todas las direcciones con ojos precavidos y ordenó:

—¡Más luz!

Camile se apresuró a obedecer. Avanzó hasta la cómoda de media luna con patas acanaladas que había entre la cama y el escritorio. Dejó allí el quinqué que sostenía e hizo el camino de regreso hacia la puerta agachando la mirada. El guardia dio por acabada la inspección y abandonó la estancia tras Camile.

El visitante entró con su sombrero de fieltro y escarapela tricolor bajo un brazo y con el capote negro de poco vuelo en el otro. Vestía de color púrpura de arriba abajo, salvo por los puños blancos y almidonados de la camisa, plegados en fuelle alrededor de las muñecas.

Al verlo, al reconocerlo, el corazón de Marie se aceleró.

—Buenas noches, ciudadana —la saludó.

—Buenas noches, ciudadano —le devolvió ella el saludo.

—¿Estáis bien atendida? ¿Recibís un trato correcto?

—¿Por qué lo preguntáis? ¿Acaso habéis dispuesto un trato de favor en mi persona?

—No, en absoluto, no hay ningún trato de favor —se apresuró a responder él para que no quedara en entredicho el sobrenombre de *el Incorruptible* con el que lo conocía toda Francia—. Ya sabéis que para los detenidos con la salud menguada, como es vuestro caso, está previsto este tipo de confinamiento, menos estricto.

—Siempre que el detenido tenga dinero para pagarlo —matizó ella.

—Así es. Pero veo que en vuestro caso no ha supuesto un problema. La prueba es que estáis aquí, y no en la prisión de La Conciergerie.

—¿Puedo preguntar cuál es el motivo de vuestra visita?

—Nada en especial. Tenía que visitar aquí a otros detenidos y he aprovechado para venir a veros. No vayáis a pensar que sois la única enemiga del pueblo que está confinada en esta hospedería.

—No, no lo pienso. Imagino que empieza a ser difícil hallar sitio en las prisiones francesas para alojar a tanto traidor, conspirador y enemigo del pueblo —comentó Marie con sarcasmo.

—Llenamos las cárceles deprisa, es cierto, pero también las vaciamos deprisa. En el proceso revolucionario no puede haber lugar para la tibieza, es preciso extirpar de raíz la amenaza de la tiranía de los débiles.

—«Quien toma venganza después de la victoria es indigno de vencer».

—Ya, ya, ya… Palabras de mi admirado Voltaire. Pero no es cuestión de venganza. Y cuando alguien deja de ser útil a la revolución pasa a ser un estorbo para ella. Hoy sois vos, pero quién sabe si en un futuro me tocará a mí. A fin de cuentas, todos hemos de morir, la muerte es nuestro destino. Solo el pueblo es inmortal.

—¿Puedo saber a qué debo vuestra visita? —insistió ella.

En el rostro del hombre, pálido y aniñado como una figura de porcelana, se reflejó una difusa sensación de incomodidad. Detectaba en Marie algo que le perturbaba. Pudiera ser su templanza, pudiera ser su discreto estoicismo.

—A nada en especial, no busquéis misterios en mi presencia aquí.

Él rastreó con la mirada el cuarto en busca de algo que le diera pie a cambiar de argumento. Lo encontró en el cuadro que había en la pared a la que a duras penas llegaba la luz de las llamas del quinqué y del candil. Empuñó el quinqué y se aproximó a la pintura. No le costó identificar la obra ni la autoría. Era una copia, a tamaño reducido, de *La muerte de Sócrates*, de Jacques-Louis David.

—Magnífica —aseveró—. A pesar de que, por motivos obvios, yo prefiero *La muerte de Marat*, admito que esta es una de las grandes obras de mi amigo David, aun cuando se tomó alguna licencia histórica en la representación de los hechos. Platón no podía hallarse ahí, dado que guardaba cama por enfermedad cuando Sócrates se quitó la vida. Además, Platón era un hombre joven en aquel tiempo, aquí lo retrata viejo. ¿Y veis ahí a Critón, discípulo de Sócrates, posando una mano en el muslo de su maestro?

Marie contempló el cuadro desde la silla con relieves de bronce en la que seguía sentada. Los cuerpos humanos representados en el lienzo tiritaban, no sabía si era debido al tembleque de la llama o a que aquellos seres de tela y pintura intuían que estaban siendo examinados en ese momento por un hombre sanguinario, despiadado. Ella almacenaba en su memoria todos los detalles del óleo, centímetro a centímetro, pincelada a pincelada. Sabía que en esa pintura había cosas más trascendentales que la impostada presencia de Platón o la amargura de Critón.

—Me gustaría que esta reproducción llegue a manos de mi hijo Pierre cuando yo falte —dijo Marie midiendo la modulación de su voz para que no sonara a exigencia, pero tampoco a súplica.

—Tengo serias dudas de que él quiera conservar pertenencias vuestras. Es más, probablemente Pierre Aubry renegará de vos.

—¿Por qué habría de hacerlo? —preguntó Marie con indisimulada congoja.

—Por civismo, o por prudencia, o incluso por miedo. Dicen que el miedo es libre.

—El miedo es lo único libre en esta Francia que habéis creado.

Él la observó con un coágulo de desprecio en la mirada, pero recuperó la inexpresividad antes de decir:

—Vuestro hijo ya no os pertenece. Pertenece a Francia, como todo francés leal.

—Un hijo siempre pertenecerá a su madre, eso no lo podrá cambiar nada ni nadie. ¿Es posible que no haya en vos ni la más mínima compasión, ni la menor clemencia?

—¿Clemencia? Castigar a los traidores es clemencia, perdonarlos es barbarie.

Marie observó la cabellera de su visitante mientras le daba forma a un pensamiento: «Por cada cabello que asoma en vuestra cabeza hay un crimen que cuelga de vuestra conciencia». La presencia de aquel personaje comenzaba a resultarle insoportable.

—¿Habéis visto esa caricatura en la que os representan guillotinando al verdugo cuando ya no quede ningún francés por guillotinar?

—¿Quién os ha informado de su existencia? —preguntó él.

—Poco importa eso.

—Está bien, no es un asunto que me robe el sueño. Además, el Tribunal Revolucionario ya juzgó y condenó vuestras palabras y vuestras acciones, yo no haré un juicio posterior.

—Ese tribunal ni siquiera reconoció mi derecho a tener un abogado defensor, pero espero que al menos reconozcáis y respetéis mi derecho a pasar en soledad estas horas que me quedan.

Él no añadió nada a aquella charla que había nacido muerta. Echó mano al capote y al sombrero con la escarapela, cubrió con ellos sus hombros y su cabeza. Al llegar a la entrada golpeó tres veces con la base del puño y aguardó sin apartar la mirada de la puerta mientras el guardia hacía girar la llave desde fuera. Ella pegó la mirada a su nuca esperando que le mostrara el rostro por última vez y que le revelara el verdadero propósito de aquella visita superflua. Pero el inconmovible Maximilien Robespierre, sabedor del poder destructor de sus silencios, nada dijo.

Al recobrar su soledad, Marie cogió el candil de la mesa y se avecinó al óleo que colgaba de la pared. Balanceó la luz suavemente para recorrer la pintura con la llama parpadeante. Se detuvo sobre el protagonista del cuadro, al que Robespierre prácticamente había ninguneado en su fatuo comentario. El dedo de Sócrates apuntaba al techo mientras remataba su alocución sobre la inmortalidad del alma. Se disponía a aferrar el cáliz de cicuta sin mirar hacia él, como quien sabe en lo más profundo de su ser que la muerte no merece el interés ni los desvelos que provoca en los humanos. Sócrates, ungido por la luz natural que el pintor proyectaba desde un ventanal lateral, exhibía un gesto de firmeza y de fe en los ideales por los que estaba a punto de pagar el más alto de los precios.

Marie se aproximó al ventanuco del cuarto, atravesado por dos barrotes, uno horizontal y otro vertical; la representación, pensó, del paralelo y del meridiano que dividen el mundo en hemisferios antagónicos: el de la libertad frente a la tiranía, el de la concordia frente al del terror. Abrió el pequeño cristal. Un viento revoltoso despeinaba el aire achicado de París y unas voces huidas de alguna taberna alborotaban la noche. Oyó también la música de un trío de cuerda y relacionó aquellas notas con la *Marcha por la ceremonia de los turcos* que Jean-Baptiste Lully compuso para *El burgués gentilhombre,* de Molière.

La vida, pese a todo, continuaba dando flores y frutos allí fuera. Marie desenroscó el pañuelo de lino que llevaba bajo la manga y se lo llevó a la cara como si tratara de taponar una herida exangüe pero dolorosa. Volvió al escritorio y dejó el candil, la última fuente de luz y calor que le quedaba. Cogió la jarra de agua que Camile había dejado allí a media tarde. Llenó el vaso y bebió deseando que fuera cicuta para ahorrarse el suplicio del viaje hasta el cadalso. Envidió a Sócrates porque tuvo el derecho de despedirse con ese acto de afirmación y de autodeterminación que supone brindar con una copa de veneno rodeado de seres queridos.

Sacó el folio, la pluma y el tintero que había guardado en el cajón. Pasó la yema del dedo por el rasguño de tinta y comprobó que ya había cicatrizado en el papel. Encaminó la pluma de ganso a partir de esa señal para seguir escribiendo con caligrafía cuidada.

Dejo en herencia mi corazón a la Patria.

Dejo mi honradez a los hombres, sé que podrían tener necesidad de ella.

Dejo mi alma a las mujeres, no les estoy haciendo un regalo menor.

Dejo mi creatividad a los dramaturgos, creo que no les va a resultar inútil.

Dejo mi desinterés a los ambiciosos, que confunden el valor con el precio.

Dejo mi filosofía a los perseguidos.

Dejo mi inteligencia a los fanáticos y mi religión a los ateos.

Y mis bienes mundanos se los dejo a mi heredero natural: mi hijo, ahora y siempre, Pierre Aubry.

En el mes de brumario del año tercero, declara y firma, como mujer, como madre, como hermana de los débiles, como hija del Pueblo:

Marie Gouze, también conocida como Olympe de Gouges

EL HOMBRE DE LA LUZ Y LA TINIEBLA

El arte es una rebelión contra el destino.
ANDRÉ MALRAUX

Nada más poner pie en tierra, mi mirada subió trepando por la falda del Monte Argentario hasta los muros de la fortaleza española, en la que despuntaba el bronce arrogante de los cañones apuntando a las aguas amansadas del mar Tirreno. Fue acaso ese un gesto vaticinador, pues aún desconocía yo que en aquel baluarte alto y altivo se hallaba el lugar al que habría de encaminarme sin perder tiempo.

Mientras el barquero amarraba la lancha que me trajo a puerto desde la galera fondeada en la bahía de Porto Ercole, rebusqué en mi escarcela unas monedas con las que retribuir ese tránsito entre las aguas y la tierra.

—¿Sabéis darme señal de dónde se encuentra la enfermería de María Auxiliadora? —pregunté al hombre a la par que le pagaba.

El barquero asintió moviendo su faz, tan roída por los rayos de sol y por el aliño del salitre que se asemejaba al rostro corrompido de un leproso. Señaló el baluarte al que yo había aupado la vista al pisar tierra firme.

—Vuesa merced ha de subir al bastión. Detrás de la iglesia de San Erasmo hallará la enfermería, que está regentada por los hermanos de la Cofradía de la Santa Cruz. Es poco trecho, pero el camino es empinado.

Despedime del navegante de bajura y arranqué a caminar con paso más veloz que lento, para no estorbar en las tareas de carga y descarga de toneles, sacos, pellejos y baúles en las que se afanaban dos cuadrillas de mozos a las órdenes de los cabos de maestranza. En esa hora vigorosa de la jornada, el muelle de Santa Bárbara era un constante ir y venir de mercaderías y de huestes embarcando en dos galeones de guerra.

Adentreme en una de las rúas que partían del puerto, llegué hasta la plazuela en la que los mercaderes pregonaban, con verbo zalamero, las bondades de las viandas que perfumaban el aire con los olores del pescado y de la carne, del pan y de los dulces toscanos. Detúveme para comprar una torta de harina de trigo y una onza de panceta que guardé en mi faltriquera. Seguidamente arrostré con tesón las fatigosas cuestas del camino que caracoleaba hacia el Monte Argentario. Llegué arriba chorreando sudor como un galeote por causa del bochorno húmedo de ese lugar y de esa época. Mientras reparaba el aliento, eché la mirada desde la cima hacia el mar, que vivía un placentero romance de luz y calor con la mañana de estío.

No me costó hallar la pequeña iglesia dedicada a san Erasmo de Formia, uno de los catorce santos auxiliadores, santo patrón de los marineros y de los violinistas, patrón también de Porto Ercole. Rodeé el templo y di con una casona que aparentaba ser la morada de enfermos. Estaba abierto el portón, así pues, lo franqueé sin anunciar a cristiano alguno mi presencia. Atravesé el claustro y manifestáronse ante mí dos puertas. Trataba de decidirme por una de ellas cuando apareció un cofrade que vestía hábito de color pardo y arropaba su cuello con un babero blanco y con un escapulario de la Santa Cruz.

—¿Qué buscáis, caballero? —preguntó ahorrándose la salutación.

—Vengo a visitar a un doliente. Un hombre de nombre Michelangelo, de apellido Merisi. Tuve noticia de que se halla aquí recibiendo cuidados.

El cofrade llevó una mano a su mentón, revestido por una barba entrecana, y entornó la mirada hacia el suelo con una gravedad que me pareció cercana al luto. Temí que fuera a decirme que ese hombre ya había rendido su alma al Supremo Hacedor.

—¿Sabéis su edad y su aspecto? —prolongó con otra pregunta mi desasosiego.

—Frisa en los cuarenta años, tiene treinta y ocho, treinta y nueve acaso. De cabellera negra, larga y revuelta, fino bigote y fina perilla, cejas espesas. Tiene la cara marcada por la cicatriz de una herida de arma de acero.

Caí en la culpa de inmediato por añadir ese rasgo último, pues era la secuela de uno de los episodios de vida tormentosos de mi atormentado amigo.

—¡Ya me doy cuenta, habláis del pintor! —exclamó con un tono cercano al júbilo—. Acompañadme.

Abrió una de las dos puertas, y las toses, los suspiros y los quejidos diéronnos la bienllegada en una sala de alta bóveda de cañón que estaba colmada de seres enfermos y que hedía a ungüentos, pócimas, orín y sangre. El cofrade detúvose antes de que alcanzáramos el final de la galería, girose hacia mí y musitó:

—En el camastro último. Pasa poco tiempo despierto y lúcido, probad.

Seguí yo solo hasta el lecho de mi amigo. Tenía los párpados cerrados como un manso durmiente, con las manos entrecruzadas a la altura de su talle y el pelo de su crecida barba rozando su pecho, semidesnudo y descolorido. Su demacrado cuerpo recordome la imagen del *Ecce homo* que él había pintado pocos años antes por encargo del arzobispo de Florencia. Hay artistas que terminan asemejándose a algunas figuras de sus obras, tal parece que esas figuras llegan a hacerse carnales en el cuerpo de sus hacedores.

Posé mi mano con delicadeza sobre su hombro. Abrió los ojos, reconociome.

—Vittorio, ¿sois vos?

—El mismo que viste y calza. Vengo a haceros compañía en el lecho del dolor, amigo querido.

—¿Dónde me hallo? ¿Estoy muy lejos de Roma?

—Nada ni nadie está muy lejos de Roma. Recordad a los latinos: *Omnes viae Romam ducunt.*

—Todos los caminos llevan a Roma —repitió él en lengua romance.

—Estáis en los Reales Presidios de la Toscana, en Porto Ercole para más señas.

—¿Y qué lugar es este, tan pobre de aire y tan mísero de luz?

—La enfermería de la Cofradía de la Santa Cruz.

—¿Qué me detiene aquí? He de llegar a Roma, allí me aguarda el perdón de Su Santidad. ¿Sabéis que me fue concedido el perdón papal al cabo de tantos años?

—Sí. Sé además que la Urbe aguarda con impaciencia vuestro regreso, el regreso del gran artista.

—Roma, la fuente de mi fortuna y de mi infortunio…

—divagó con entonación melanconiosa—. Yo no busqué la muerte de aquel hombre, bien lo sabéis. Fue una más de las rencillas en las que me vi envuelto en Roma, en Génova, en Siracusa o en La Valeta.

—Agua pasada no mueve molino. No os atormentéis con eso —ocurrióseme decir para alejarlo de la aflicción de tales pensamientos—. Caísteis enfermo cuando viajabais en barco hacia Civitavecchia para proseguir desde allí hasta Roma. La fiebre y los delirios que os tomaron hicieron necesario que os desembarcaran en este puerto para recibir cuidados. Uno de los cofrades de la Santa Cruz que tenía asuntos que despachar en Viterbo acudió a mi casa para advertirme de vuestro estado.

—Sí, ya recuerdo, Vittorio. Di vuestro nombre y dirección, nadie más tenía a quien recurrir.

Saqué las viandas que había comprado en el mercado, y con ellas mi daga. Corté un pedazo de pan y otro de panceta para ofrecérselo.

—Debéis comer para recobrar fuerzas.

—No hay necesidad de seguir nutriendo este cuerpo moribundo —respondió con voz bronca y fría como trueno de nieve—. Amigo Vittorio, ¿dónde están mis enseres? ¿La espada, los pinceles, la paleta, los cuadros…?

Yo sabía que desde su azarosa estancia en Malta acostumbraba a dormir con la espada bajo la cama, por si algún adversario intentaba robarle la vida en las horas de reposo. Pero un camastro de enfermería no era lugar para velar armas, de modo que evité mentar siquiera la espada.

—¿De qué cuadros habláis? —pregunté con sincero interés.

—De dos óleos que llevaba a la Urbe para corresponder al favor del indulto. ¿Nada sabéis de ellos?

—Preguntaré a los cofrades y, si fuera menester, a los aguaciles del muelle.

Encajó la mirada en la bóveda del techo y un temblor pasajero zarandeó aquellas manos suyas que, con pulso firme, tantas obras maestras habían creado.

—Siempre pensé que el fin de mis días sería veloz y violento, como mi desventurada vida. Que perecería por mor de una estocada en un duelo o por la felonía de una agresión como la que me desfiguró el rostro en aquella taberna de Nápoles.

—No seáis tan severos al juzgaros —recriminelo con afecto—. Tened presentes las palabras del gran Petrarca: «Los grandes errores pertenecen al gran entendimiento».

—Bien sabéis que nunca tuve el vezo de respetar los mandamientos de la ley ni los de la moral, y que la mía fue una vida desaforada.

—Sé también que sois unos de los pintores italianos más excelsos que conoció este siglo.

—No, Vittorio, no fui más que un pintor por encargo al servicio de obispos, cardenales, ricohombres e hidalgos. He de confesaros que solamente me sentí dichoso cuando entré como aprendiz en el taller de Giuseppe Cesari. Yo había llegado a la Urbe casi en la miseria y en aquellos años malviví y aprendí pintando flores y frutos, pero amaba la vida y la vida dejábase querer por mí.

—Todos hemos de hacer renuncias para escapar de las garras de la pobreza.

—¿También las hacéis los literatos?

—También los literatos. El arte no puede vivir sin el poder y la plata del mecenazgo. Y escribir y pintar son artes hermanas de padre y madre; da igual que en un caso se obre con la pluma y la tinta, y en el otro con el pincel y la pintura. Decía Da Vinci que la pintura es poesía muda y que la poesía es pintura ciega.

—Razón no le faltaba, a mi juicio.

—Pero decidme... Más allá de los caprichos que imponen los mecenas, ¿estáis arrepentido por alguno de los cuadros que pintasteis?

—Solo estoy arrepentido por los que no pinté.

—¿Qué os ha quedado por pintar?

—¿Habéis llegado a Porto Ercole a través de las aguas o de los caminos? —respondió eludiendo, en apariencia, mi pregunta.

—A través de las aguas. En barco.

—¿Y qué habéis visto cuando veníais desde el puerto? Dadme detalle.

—Hombres que se empleaban en el trasiego de mercancías en el muelle. Y soldados aguardando el embarque en navíos que pondrán proa al sur para combatir a los piratas berberiscos.

—¿Qué más? Sois hombre de pluma y tinta, sed generoso con la palabra.

—Vi también un mar en bonanza, azul turquesa, lamiendo con su saliva de espuma salada la arena de Feniglia, que gasta un color señero de cítrico y ceniza...

—Eso es, Vittorio. Todo eso me queda por pintar: la vida que hay ahí fuera, más allá de esta morada de putrefacción y muerte. Decidme, ¿sentisteis música?

—¿Música? ¿Acaso queréis pintar la música?

—Tengo para mí que podría hacerlo. Si la poesía y la pintura son hermanas, como decís, ¿no tienen también como hermana a la música?

—Pudiera ser. El soneto es hermano de la sonata, y no

parece fortuito que la palabra *madrigal* valga por igual para identificar un poema corto o una composición musical.

—¿Había música en las calles? —insistió.

—Al aproximarme a la iglesia vino a mis oídos el sonido de un instrumento de cuerda. Un laúd, un rabel tal vez…

—Conseguidme una tela, una paleta, unos pinceles, pigmentos para la pintura… Si me dais idea de lo que hay ahí fuera, yo pinto, quiero pintar.

—¿Y lo confiaríais todo a mis palabras para reflejar sobre el lienzo lo que no veis con vuestros propios ojos?

—¿Acaso he hecho otra cosa que confiar en las palabras para pintar arte sacro? Lo poco o mucho que conocemos de los personajes bíblicos procede de las Sagradas Escrituras.

No quise hacerle saber que él no estaba en condiciones de pintar ni yo estaba en condiciones de conseguirle los útiles que requería. Convenía, pues, llevar la charla por otros derroteros.

—¿Y cómo os gustaría que os recordaran en tiempos venideros?

—Dudo de que vayan a recordarme en modo alguno —dijo, *pobre de gozo y rico de tristeza,* como en el soneto del poeta español marqués de Santillana—. Los días del mañana honrarán a Gentileschi, a Carracci, a Tintoretto, a ellos sí. Recordad que fueron muchos los que dijeron que mi obra es violenta, innoble e injuriosa, al igual que mi propia vida. Recordad que dijeron que pinté vírgenes con aspecto de rameras, que la luz en mis cuadros es lúgubre y tenebrosa, que he venido a este mundo para destruir la pintura…

—Son muchos más los que alaban vuestro arte que los que lo desprecian, váyase lo uno por lo otro. Debéis justipreciar vuestro legado artístico.

—Si de mí dependiese ese juicio póstumo, quisiera que nadie hablara de mis pinturas sin admiración o sin escándalo, porque yo nunca fui de sentimientos tibios.

Era cabal esa respuesta en un hombre como él, de pasiones encendidas, que había ido sellando todas las puertas de su salvación, acaso por miedo de que la luz que por ellas entrara deformara su modo de interpretar el arte. No tardó en entregarse al sueño, amortecido por la fiebre, mas antes me obligó a hacerle un juramento *in articulo mortis*.

No me separé de él hasta que llegó a término su vida, en el amanecer del domingo 18 de julio del año 1610. *La muerte parecía bella en su bello rostro,* como escribió el gran Petrarca. No me separé tampoco de sus restos mortales en la conducción hasta el cementerio. Allí dispuse, en cumplimiento del juramento que me exigió en su lecho de muerte, que lo enterraran en una tumba sin nombre, pues no quería que quedara en este mundo más huella material suya que sus cuadros: la labor de sus manos prodigiosas y de su mente sufriente, la razón de su existencia. Pagué cien reales de plata como aguinaldo para que su sepultura anónima se hallara al menos en un rincón del camposanto bendecido por la luz jubilosa del sol del mediodía, pues el destino, esa nave que navega sin rumbo ni capitán, ya le había impuesto en vida oscuridad en demasía.

Y he de creer, con toda la fe de la que soy dueño, que en tiempos aún no nacidos juzgarán con indulgencia las mundanales faltas y pecados de este hombre de luz y de tiniebla que consiguió trocar en pintura deífica su tormento personal. Él no fue otro que el milanés Michelangelo Merisi, conocido y reconocido con el nombre artístico de Caravaggio.

ROSA DE INVIERNO

Da el primer paso con fe, no es necesario que veas toda la escalera.
Martin Luther King

Rosa aguardaba la llegada del autobús en la parada donde confluyen en diagonal la avenida Dexter y la calle Commerce. Giró su negra muñeca para ver la hora en el reloj de esfera dorada y correa de color café que le había regalado Raymond, y su mirada, desmotivada ante aquella geografía y ante aquella geometría urbana que conocía al dedillo, se evadió alzando el vuelo hacia el cielo terso de Montgomery mientras la tarde caía con delicadeza. Devolvió la vista a la altura de su cabeza y la giró de izquierda a derecha para observar a las dos personas que la acompañaban en la fila del autobús en ese anodino jueves de un mes de diciembre: a un lado, una mujer que aparentaba tener más o menos su misma edad, blanca y pálida, con un visaje de desgana; al otro, un hombre negro, algo mayor que ella, con la abulia bosquejada en su semblante.

El ruido de un motor y el tosido de un tubo de escape anunció la llegada del autobús con destino a la avenida

Cleveland. El vehículo venía algo pasado de velocidad y en la frenada sus neumáticos emitieron un chillido lastimero. Rosa se topó ante sus ojos con el eslogan, pintado en blanco y amarillo en la parte central del vehículo, que invitaba a utilizar el transporte urbano en Montgomery: *¿Por qué lidiar con el tráfico? Viaje en autobús.*

La fila mínima de pasajeros echó a andar hacia la puerta. Ella sacó del bolso de asas cortas su monedero, abrió la cremallera y rebuscó dentro con sus hábiles dedos de costurera. Extrajo un dedal de cerámica y sonrió esforzándose en recordar cómo había acabado allí; posiblemente en uno de esos momentos en los que mariposas de alas estampadas revoloteaban en su mente para colorear otro día descolorido de diez u once horas de monótona costura.

Sacó del monedero una moneda y avanzó manteniendo las distancias con la mujer blanca y pálida que la precedía. Antes de superar los dos peldaños del autobús contempló en la cuenca de su mano los cincuenta centavos de dólar. El reverso de la moneda reflectaba el sol recio de Alabama y dejaba ver la leyenda altisonante escrita alrededor de un mapa de los Estados Unidos: *Americanismo-Libertad y oportunidades para todos.* Entregó la pieza de metal al chófer y volvió a bajar del vehículo para entrar por la puerta trasera, como correspondía al color de su piel. Una vez dentro, dudó a la hora de escoger sitio. Había dos asientos libres al final del autobús, pero optó por uno en la zona central.

El vehículo retomó la marcha con la misma brusquedad con la que se había detenido en la parada. Rosa echó mano de nuevo al bolso y al monedero. Sacó el dedal, cerró los ojos y comenzó a palparlo como hacen esos mentalistas que toquetean objetos para adivinar su procedencia o para tener una revelación arcana sobre las personas a las que pertenecen. Inmersa en sus pensamientos, no advirtió la salida y la entrada de pasajeros en la parada siguiente. Al abrir los ojos se vio sorprendida por la figura a bocajarro de un hombre blanco, con traje y maletín de piel. El pasajero, plantado de pie ante ella, la miró con insistencia, sin llegar a decir nada. Rosa lo enfocó con su mirada cansada antes de entornar la cabeza hacia la ventana por la que discurría, a una velocidad de treinta millas por hora, un paisaje verde, marrón y gris de árboles y aceras.

El autobús frenó en cuanto vio por el espejo retrovisor interior que un hombre blanco viajaba de pie. Algunos pasajeros asomaron los ojos al exterior para confirmar que allí no había ninguna parada reglamentaria. El chófer echó el freno de mano, pero dejó el motor encendido, en punto muerto, dando a entender que, fuera lo que fuera aquello (una confusión, un equívoco, un percance...), él tenía intención de resolverlo con celeridad. Se levantó, caminó por el pasillo entre las dos filas de asientos individuales hasta el centro del vehículo y colocó su mano sobre el brazo del viajero de traje y maletín para hacerle saber que necesitaba pasar. El hombre de puso se perfil y pegó a su cuerpo el maletín de cuero para hacerle sitio.

—Oiga, usted no puede ocupar este asiento —abordó el chófer a Rosa sin miramientos.

Ella ni siquiera le devolvió la mirada. Se abstrajo contemplando a través de la ventanilla el alarde de luz del atardecer en aquel rincón de la capital del estado de Alabama.

—Señora, haga el favor —intentó reclamar su atención el chófer.

Rosa siguió fingiendo la ausencia mental, o quizás no fingía. Trataba de abstraerse de la situación contando los pasos de los viandantes que caminaban por la acera, cada cual siguiendo su propio rumbo y buscando su propio destino en aquella ciudad.

—¿No ha oído lo que le he dicho? —preguntó el conductor con tono expeditivo.

Rosa ajustó sobre la nariz sus gafas de montura redonda como si quisiera fortificar su mirada antes de dirigir la vista hacia él.

—¿Qué quiere? —respondió finalmente la costurera hilvanando dos palabras con una puntada rápida.

—Tiene que levantarse, hay asientos libres al fondo. Ustedes únicamente pueden ocupar los del centro del vehículo cuando no hay ningún pasajero de esta zona sin asiento.

—¿Ningún pasajero de esta zona? —se hizo la ingenua Rosa.

—Vamos, no me lo ponga difícil. Ustedes deben ir en la parte trasera.

—¿Ustedes? ¿A quiénes se refiere?

—Lo sabe de sobra.

—Yo lo único que sé es que estoy cansada, muy cansada.

—¿No obedece? Está bien, si no quiere por las buenas será por las malas.

El chófer dio media vuelta, se ajustó la gorra de plato sobre las sienes como si se preparara para recibir el envite del viento rebelde de la historia y volvió a la parte delantera del vehículo. Apagó el motor y se bajó del autobús, que quedó bajo la tutela de sus perplejos pasajeros en medio de un silencio embarazoso.

Al cabo de unos minutos, el empleado de la empresa de transportes regresó con refuerzos. Subió por la puerta delantera precediendo a una pareja de policías, les murmuró algo mientras señalaba con el dedo índice la ubicación de la infractora. El agente de más edad, que ocultaba la mirada tras unas gafas de sol de cristales anchos, se quedó con el conductor. El patrullero de menor edad avanzó hacia la mujer con paso veloz, la pulsión de la juventud le infundía más prisa de la necesaria para resolver aquel incidente.

Rosa, que no había apartado los ojos de los tres hombres de gorra de plato desde el momento en que subieron al vehículo, apretó su bolso contra el pecho como si fuera un escudo protector. Con cada paso que daba el joven patrullero le parecía a ella que rejuvenecía un año respecto a la edad que le echaba: veintiséis, veinticinco, veinticuatro... Cuando llegó a su altura tendría veintitrés años, podría ser su hijo.

El agente la miró de arriba abajo como se mira a un sospechoso inclasificable, a alguien que no está claro qué hizo, ni por qué, ni cómo va a reaccionar ante la autoridad. La mano derecha del patrullero seguía donde la había situado nada más subirse al autobús: sobre la parte delantera de su cinturón, en un lugar cercano al revólver, que en el lenguaje postural de la policía de esas latitudes significa algo a medio camino entre una pose y un acto de intimidación.

—Buenas tardes —la saludó el joven uniformado.

—Buenas tardes —le devolvió ella el saludo letra por letra.

—¿Qué lleva en ese bolso? —preguntó al ver que la mujer se aferraba a él.

—¿Tiene alguna importancia? No está usted aquí por lo que yo pueda llevar en mi bolso, ¿no es cierto?

—No me tiene que decir cómo he de hacer mi trabajo.

—Cosas de mi trabajo.

—¿Cómo dice?

—Se ha referido a su trabajo. Pues yo en este bolso llevo cosas del mío.

—¿En qué trabaja?

—Soy costurera.

—Deje que eche un vistazo.

El policía lanzó una mirada escudriñadora al interior del bolso antes de meter la mano en él. Sacó una cajita de mimbre que al destaparla se convirtió en un costurero bien aprovechado, lleno de agujas de distinto calibre, carretes de hilos de colores, botones de nácar, imperdibles de latón, parches de lino, de nailon, de alpaca…

—¿Cómo se llama? —preguntó el policía tras devolverle el bolso y el costurero por separado.

—Rosa Louise Parks —contestó mientras recolocaba el costurero en el fondo del bolso.

—¿De dónde es?

—Nací en Tuskegee, condado de Macon. Vivo en Montgomery.

—Bien, señora Parks. Nació y vive en Alabama, así que por fuerza conocerá la ley vigente en este estado respecto al uso del transporte público por las personas de color.

«Por fuerza, nunca mejor dicho», pensó ella.

—La conozco —reconoció la mujer.

—Pues va a tener que acompañarnos a la comisaría.

Un grumo de ansiedad taponó la voz de Rosa, que no fue capaz de articular palabra. El joven patrullero estaba aguardando a que la mujer se levantara para acompañarla a la salida, pero Rosa se limitó a ladear nuevamente la cabeza hacia la ventana para huir con la mirada.

—Señora Parks... —susurró el agente. Rosa siguió observando un pedazo mínimo del cielo azul del estado sureño de Alabama a través de la ventana de su asiento en aquel autobús municipal de la ciudad de Montgomery.

—Señora Parks... —susurró la periodista. Rosa siguió observando un pedazo mínimo del cielo gris de Míchigan, estado del Medio Oeste, a través de la ventana de su habitación en aquella residencia de tercera edad de la ciudad de Detroit.

—Sí, dígame. ¿Qué más quiere saber? —contestó la nonagenaria Rosa—. Yo ya he contado mi vida infinidad de veces en todos estos años. Y me temo que lo que no haya contado ya no podré hacerlo, la vejez y la enfermedad se están llevando mi memoria y mis recuerdos.

La periodista reaccionó sonriendo afablemente al tiempo que ojeaba los apuntes de su libreta para comprobar que no se dejaba en el tintero ninguna pregunta relevante. Unos nudillos golpearon la puerta de la habitación, que se abrió sin tiempo para una eventual respuesta de consentimiento. Una joven latina de piel morena y bata blanca entró, saludó a las dos mujeres y se acercó con un vasito de plástico al sillón tapizado con estampado de flores en el que estaba sentada Rosa.

—Es la hora del jarabe y del reloj, Rosa —le recordó la auxiliar de enfermería.

Rosa extendió las dos manos, una para coger el vaso y la otra para que la cuidadora hiciera girar la rueda minúscula del reloj de esfera dorada y correa de color café que la anciana llevaba en la muñeca. A la chica le llevó unos pocos segundos esa operación arcaica y rutinaria de alimentar el reloj para que el tiempo siguiera vivo en él.

—Se encargan ellas de darle cuerda todas las tardes a esta hora, porque a mí se me olvidaría. Ya le he dicho que me falla la memoria —reveló Rosa cuando ella y la periodista se quedaron de nuevo a solas—. Y no quiero que este reloj se pare. Para mí es importante que no se pare.

—Deduzco que tiene un valor especial para usted.

—Me lo regaló Raymond, mi marido, cuando cumplí cuarenta y dos años. Eso fue unos meses antes de que me detuvieran en el autobús que iba a la avenida Cleveland.

La periodista fijó la mirada en aquella antigualla de la relojería, le costaba creer que al cabo de medio siglo siguiera dando la hora y los minutos. Después miró de nuevo la histórica fotografía, protegida por un cristal y un marco de madera sin barnizar, que había en la mesa camilla cubierta con un tapete de ganchillo. También le costaba creer que esa mujer que tenía delante, sufriendo en su cuerpo los inevitables insultos biológicos del paso del tiempo, fuera la misma mujer en plena lozanía de aquella instantánea en la que compartía plano con aquel personaje histórico que no había llegado a viejo.

Rosa aprovechó la pausa reflexiva de la visitante para distraerse con el televisor, sostenido a media altura en la pared por un brazo metálico y un estante. Hasta ese momento no se había percatado de que el aparato estaba emitiendo imágenes y sonidos a bajo volumen. Pese a la edad, seguía teniendo un oído fino. Se puso a la escucha de lo que parecía que era un documental.

La rosa es una de las especies florales más apreciadas en el mundo desde la Antigüedad. Su cultivo se remonta a la Grecia clásica y su simbolismo está asociado a su color específico...

—Señora Parks, ¿cuál cree que sería su legado para las generaciones del presente y del futuro? —preguntó la periodista en un momento dado.

—¿Mi legado? No sé, yo solo he querido vivir de forma sencilla y honesta, defendiendo mis ideales y respetando al prójimo.

La rosa roja representa la pasión. La blanca simboliza la pureza. La negra, en cambio, es una variante que naturalistas, jardineros y poetas llevan siglos cultivando en su imaginación...

—El reverendo y exsenador demócrata Jesse Jackson dijo sobre usted: «Rosa Parks siguió sentada en aquel autobús para que los demás nos pudiéramos levantar» —recitó la periodista la cita que llevaba apuntada en su libreta—. ¿Llegó a imaginar que aquel gesto suyo iba a dar paso a un boicot de más de un año de los autobuses de Montgomery por parte de la comunidad afroamericana? ¿Que aquello derivaría en una sentencia de la Corte Suprema declarando inconstitucional la segregación en el transporte público de Alabama?

—No, nunca llegué a imaginar nada de eso —contestó la anciana.

La que se conoce como rosa negra es, en realidad, una rosa muy oscura, la variante «black baccara», una de las más codiciadas, objeto de culto de coleccionistas...

De pronto, como si esa disertación botánica que escuchaba en segundo plano hubiera escarbado en tierras profundas y fértiles de su maltrecha memoria, los ojos de Rosa se revistieron con el barniz brillante de la emoción.

—Una rosa —dijo para sí misma.

—¿Perdón? —preguntó la periodista.

—Una rosa negra —añadió.

—¿Una rosa negra? —preguntó la intrigada entrevistadora.

—Una rosa negra de invierno —alargó Rosa la respuesta y el misterio.

—¿Qué significa, señora Parks?

—Lo dijo el reverendo King justo antes de que nos hicieran esa fotografía —dijo señalando la imagen enmarcada de ella con Martin Luther King en la que había fijado repetidamente su atención la periodista—. Por eso salgo tan sonriente en esa imagen.

Sin embargo, hay otra rosa aún más oscura que la «black baccara». Es la llamada Perla Negra, que se cultiva en viveros. Una flor con una hermosura que parece de otro mundo y de otro tiempo…

—¿Qué fue lo que dijo exactamente el señor King? ¿Lo recuerda?

—Por supuesto que lo recuerdo. Dijo que las rosas negras más hermosas florecen en invierno, cuando muchos piensan que la naturaleza está muerta. Florecen a pesar del frío, de la escarcha, del hielo… Florecen.

Los labios marchitos de Rosa Parks soplaron con suavidad esas palabras como si fueran los pétalos de una flor que echan a volar impulsados por el viento rebelde de la historia.

CORRER TRAS EL VIENTO

Añorar el pasado es correr tras el viento.
PROVERBIO RUSO

—¿Lugar de nacimiento?

La pregunta era bien sencilla de responder, pero tardé unos segundos en procesarla. La vida me había llevado a tumbos desde Asturias a Francia, desde Francia a Rusia y ahora desde Crimea a Cataluña para acabar ante ese agente de la Policía Armada, uniformado en gris y de trato desabrido.

—El lugar de nacimiento figura ahí —dije señalando con la cabeza el pasaporte que el policía observaba como si se tratara del librillo de oraciones de una religión pagana.

Apartó la vista de la documentación para clavar en mí una mirada acerada. Me di cuenta de que mi respuesta, imprudente, desafiante, a él le había parecido subversiva. El cansancio por la larga e incómoda travesía en barco de un extremo a otro del Mediterráneo, desde Odesa a Barcelona con escala en Estambul, me había generado abulia y malhumor.

—Yo no sé ruso —respondió con cara de pocos amigos.

—Ya, disculpe. —Hice lo posible por dulcificar mi tono de voz.

—¿Lugar de nacimiento? —repitió volviendo a afrontar con la mirada la información en alfabeto cirílico de mi pasaporte soviético.

—Nací en un pueblo de la provincia de Oviedo.

Me devolvió el pasaporte y la carta oficial de repatriación que le había entregado con él. Me ordenó que continuara hasta la posición de otro policía situado unos metros más adelante, a la altura de una mesa baja y ancha. El segundo agente me pidió que colocara el equipaje sobre la mesa. Abrió la maleta que tenía más a mano y comenzó a revolver su contenido con la mano. Me sonrojé al ver que estaba manipulando mi ropa interior. Repitió la operación con la segunda valija, en este caso con más celo. Fue sacando todo el contenido y colocándolo sobre la mesa, hasta que localizó la funda de cuero de mi Zenit S.

—¿Y esto? —preguntó tirando de la correa.

—Es una cámara fotográfica.

—¿Extranjera?

—Soviética —respondí de forma indirecta, su pregunta era una perogrullada.

—¿Por qué no la ha declarado?

—Nos dijeron que podíamos traer algunos objetos de valor en el equipaje. Para venderlos en España y sacar un dinerillo con el que ir tirando aquí mientras…

Levantó la palma de la mano para ordenarme que dejara la frase a medias. Palpó en el fondo y en los laterales de la maleta, pero el tacto no le reveló ningún objeto oculto bajo la tela.

—Está bien, ya puede guardarlo todo. Dese prisa, hay un coche esperándola fuera.

Al salir del edificio, la luminosidad mediterránea colmó mis pupilas y el calor de junio caldeó mis mejillas casi al instante. Miré a la redonda anhelando encontrar algún parentesco, por remoto que fuera, entre aquel escenario de la estación marítima de Barcelona, que me veía volver, y el puerto gijonés de El Musel, que me había visto partir veinte años antes. Pero todo se me antojaba extraño y tuve la sensación de que allí yo era tan forastera y tan extranjera como la cámara de fotos que formaba parte de mi equipaje.

Dos policías vestidos de paisano, con trajes igual de grises que los uniformes de la Policía Armada, me esperaban a las puertas de un Seat 1400, gris también. Llegué a pensar que el aburrido gris era el color autoritario que gobernaba aquella España, un país mimado por la luz del cielo en el que, sin embargo, parecía que habían impuesto pena de destierro al color. Salí de mi error cuando el coche partió en dirección al corazón de Barcelona y empezó a brotar la policromía de los puestos de flores que jalonaban la Rambla a partir de la plaza de Colón. Bajé la ventanilla con afán de inhalar la fragancia vegetal, pero antes de que me diera cuenta el automóvil se desvió hacia el barrio de El Raval. Avanzamos dos manzanas, tres quizás, y el vehículo se detuvo ante un viejo edificio con balconadas. El policía que iba al volante giró la cabeza hacia mí para informarme de que era el final del trayecto.

—Su pensión está ahí, en el segundo piso —dijo elevando la barbilla hacia el edificio abalconado—. Si tiene necesidad de salir, informe antes a la patrona de dónde va a ir, para qué y a qué hora va a volver. Mañana, a las diez de la mañana, debe estar en la puerta, vendremos a recogerla para llevarla a la estación.

—¿A la estación marítima? —pregunté con preocupación, temía que tuvieran intención de devolverme a las dependencias portuarias para algún otro enojoso trámite burocrático o, peor aún, para devolverme a mi lugar de procedencia porque el régimen no me consideraba apta para regresar a mi tierra.

—¡Qué estación marítima ni qué niño muerto! ¿Cree usted que hay barcos que llegan a Madrid? —respondió su compañero, más áspero que un cardo—. Mañana viajará a Madrid para responder unas preguntas en la Dirección General de Seguridad. Deben hacerlo todos los civiles repatriados de Rusia.

El calificativo «civiles» me sonó respetuoso, pero en realidad era una forma de distinguirnos de los repatriados que no eran civiles: los excombatientes de la División Azul que estaba poniendo en libertad la Unión Soviética en aquellos años. Esos, por lo general, no tenían que someterse a ningún interrogatorio en la Dirección General de Seguridad.

—A las diez de la mañana, sea puntual —recalcó el conductor, que fue el que sacó del maletero mis dos maletas.

El edificio tenía abierta la puerta, que por sus dimensiones era más bien un portón. Subí por las angostas escaleras y llamé golpeando con el picaporte donde vi el letrero con el nombre de la pensión. Me abrió una mujer de cuerpo menudo y de una edad aproximada a la que hubiera tenido mi madre si aún viviera.

—Bienvenida —dijo anticipándose a mi presentación—. Tú eres la que vuelve de Rusia, ¿verdad?

—Sí, señora. Me llamo Adela.

—Yo soy Elvira, la patrona. Pasa, hija, y deja ahí mismo las maletas —señaló un rincón del vestíbulo, bajo un perchero de pared.

—Gracias, señora.

—Acepto que me des las gracias, porque de bien nacidos es ser agradecidos, pero haz el favor de no llamarme señora. Soy Elvira para todos mis huéspedes.

—Como usted diga, doña Elvira.

La patrona rio ante ese cambio de tratamiento de «señora» por «doña», que resultaba tanto o más protocolario que el primero.

—Elvira a secas, Adela. Deja a un lado las formalidades, que en esta casa somos todos gente sencilla. ¿Has comido? ¿Vienes con hambre?

—Por mí no se moleste, Elvira…

—No es molestia ninguna. Los martes tengo patatas guisadas con bacalao, voy a servirte un buen plato. Hoy, además, hay pan del día.

Unas cálidas palabras de acogida y un plato de comida caliente bastaron para que superara cualquier recelo ante aquella mujer que, a juzgar por las indicaciones que me habían dado los policías de paisano, iba a ser la encargada de tenerme bajo vigilancia hasta mi salida hacia Madrid. Elvira no tardó en dejarme claro que no iba a andar controlando mis idas y venidas en aquella breve estancia, que podía entrar y salir de la pensión sin darle explicación alguna, y que luego ella ya le contaría a la policía lo que le viniera en gana. Pero no quise ponerla en un compromiso y, a pesar de que moría de ganas de perderme por las calles de Barcelona, me comprometí a no abandonar el edificio hasta que fueran a recogerme, a la mañana siguiente.

Esa noche, cuando en la pensión ya reinaba el silencio, la patrona llamó a la puerta de mi habitación para invitarme a un rato de distracción. Sin desprenderme del libro de poesía que estaba releyendo en ese instante, la acompañé hasta su cuarto. Sacó de una cómoda una botella sin estrenar de Anís de la Asturiana, le quitó el precinto y llenó dos vasitos de vidrio labrado. Extendimos los brazos en un brindis antes de saborear aquel licor, dulzón, tan diferente del vodka, al que había adaptado mi gusto.

—¿Qué te parece si ponemos un poco de música, Adela?

Elvira volvió hacia la vieja cómoda, coronada por un tocadiscos. Colocó un disco y empezó a sonar el pasodoble *Suspiros de España* en la voz de Estrellita Castro. *Qué no daría por mirarme, patria mía, en tu cielo azul...* Compartimos una velada agradable, a salvo de nuestras respectivas soledades, con la botella de anís, las coplas de Estrellita Castro y Concha Piquer, los tangos de Carlos Gardel y la lectura de algunos versos que me pidió que le tradujera de aquel libro que me acompañaba: un poemario de Olga Bergholz, una de mis escritoras más amadas, la poeta a la que escuchaba recitar sus poemas a través de Radio Leningrado cuando la ciudad estaba asediada por las tropas alemanas.

Despierta como quieras, pero despierta en mí,
en el frío, en las adormecidas profundidades.
No te imploraré palabras, pero
dame algún indicio de que aún estás vivo.

A la mañana siguiente, cinco minutos antes de las diez, ya estaba yo ante el portal de la pensión, aguardando con mis dos maletas la llegada de los dos hombres del Seat

1400 que iban a llevarme a la Estación de Francia. Ellos, que me habían exigido puntualidad, me hicieron esperar en la calle un cuarto de hora, aunque ese retraso sirvió para que Elvira, que hasta entonces anduvo atareada haciendo las camas y limpiando habitaciones, pudiera salir a despedirse de mí «como es debido», dijo. Traía dos piezas de fruta y un bocadillo de sardinas envuelto en papel de periódico.

—Aquí llevas un tentempié, que el viaje hasta Madrid es largo —comentó antes de que nos diéramos un abrazo rebozado en cariño y ternura—. Que no se te olvide mandarme noticias tuyas cuando te hayas asentado en Madrid, en Asturias o donde sea. Envíame una postal al menos, para que sepa que las cosas te van bien.

—Tienes mi palabra, Elvira —le prometí justo cuando el carraspeo del motor de un coche anunciaba que ya venían a recogerme.

Solo pude cumplir a medias aquella promesa que le hice a Elvira. Llegar a Madrid supuso para mí llegar a la estación del desencanto. En la Dirección General de Seguridad me sometieron a un doble interrogatorio, primero con personal español y después a cargo de un hombre norteamericano, perfumado y elegantemente vestido, que fumaba tabaco rubio sin parar. Se manejaba bastante bien con el idioma español y quería saber todo lo que yo sabía sobre la vida en la Unión Soviética, desde el tipo de industria que había en mi ciudad de acogida hasta los medios de transporte que usábamos. Me atosigó con un montón de preguntas y, aunque no llegué a saber ni siquiera su nombre, más tarde descubrí que era uno de los agentes de la

CIA que en aquellos tiempos de Guerra Fría tenían la misión de sonsacarnos información a quienes retornábamos a España desde la URSS.

Con eso y con todo lo que vino después no tardé en convencerme de que la desconfianza y la sospecha iban a ser el precio y la moneda que debería pagar en aquel regreso que tanto había añorado. Presenté numerosas solicitudes de empleo en centros sanitarios antes de rendirme a la evidencia de que mi profesión de médica anestesista no me abriría ninguna puerta en una España que no admitía títulos académicos expedidos por la Unión Soviética. En una de las entrevistas de trabajo, el director de una clínica tuvo la cruel franqueza de confesarme que él no se atrevería a poner la vida de un paciente en manos de una mujer, y menos aún de una mujer que había estudiado medicina en un país comunista. Añadió que si yo echaba de menos los quirófanos tal vez podría emplearme como limpiadora, fregando y desinfectando la sala de operaciones.

Muchas veces me pregunté, en aquellos días de desarraigo y desazón, si una patria que no acoge a sus hijas e hijos retornados merece ser llamada patria. Después de todo era eso, una patria, lo que buscábamos los dos millares de *niños de la guerra* que regresamos a España siendo ya adultos, a mediados del siglo XX, en media docena de expediciones en barco. Varios cientos nos vimos forzados a volver a la Unión Soviética; en unos casos, por la añoranza de lo que habíamos dejado en la URSS; en otros, por la desesperanza ante lo que habíamos encontrado en el retorno a nuestro país de nacimiento. En mi caso, volví a la patria adoptiva porque en España estaba persiguiendo un sueño inalcanzable. Mis padres habían muerto en la guerra civil y allí ya no me quedaba ningún pariente cercano, nadie que pudiera echarme una mano para salir adelante hasta que lograra un trabajo medianamente digno. No llegué ni siquiera a pisar Asturias.

Antes de regresar al otro lado del Telón de Acero, le mandé a Elvira una postal de la fuente de la Cibeles para despedirme de ella. Volví a Leningrado, retomé mi vida laboral y mi rutina vital, y en poco tiempo aquel breve paso por España se convirtió en un recuerdo baldío y distante, aunque no por ello dejó de ser un recuerdo doloroso en mi memoria. Recuperé mi trabajo como anestesista en el hospital de uno de los distritos de la actual San Petersburgo, y allí fue donde conocí a Serguéi, cirujano. En apenas un par de años nació Yuri, después tuvimos a Maruska. He vivido una vida fructífera, pero por alguna razón nunca me he sentido una persona completa. En ocasiones se encendía en mi mente una llama que iluminaba con una luz lánguida algunos recuerdos de todo lo que perdí para siempre en 1937: seres queridos, paisajes, experiencias, sensaciones…

Cuando cumplí sesenta y cinco años me animé, finalmente, a afrontar ese viaje al pasado. Serguéi había muerto hacía un año, y Maruska y Yuri ya habían formado sus propias familias, así que se me presentó la oportunidad para el reencuentro con la tierra en la que nací. Volví a España con un pasaporte que seguía usando caracteres cirílicos, pero que llevaba el escudo de un país nuevo, porque la Unión de Repúblicas Socialistas Soviéticas se había desmoronado y yo había pasado a ser ciudadana de la Federación Rusa. Viajé en avión de San Petersburgo a Madrid, y en autocar de Madrid a Asturias. Vagué por las callejuelas y los caminos de San Román de Candamo con esa liviandad que marca el paso de las personas que retornan a un sitio muy conocido para ellas, pero en el que ya nadie las conoce. Pensé que después de tanto tiempo me costaría reconocer el terreno, porque había cambiado la fisionomía del pueblo, pero el caso es que di con ella a la primera. Contemplé, desde la distancia justa —no muy lejos, para no anestesiar los sentidos, ni muy cerca, para no dejarme maniatar por los sentimientos—, la casa en la que nací y en la que viví hasta que las circunstancias me arrancaron de ella.

Congelé la mirada frente a aquella vivienda reestructurada, con el colofón del atardecer. Y dejé que mi fantasía echara a correr tras el viento. Atravesé con la mente las paredes de mi hogar. En el interior estaba yo, jugando con mi muñeca de trapo. Y, años después, cortejando furtivamente con un mozo del pueblo. Y, aún más tarde, dando de mamar a un bebé glotón. Y, al cabo del tiempo, leyéndole un cuento a una nieta. Me sentí feliz al imaginar que aquella otra Adela que estaba contemplando había vivido su vida plenamente en otra dimensión del espacio-tiempo, en un lugar y en una era donde nadie había llegado a pronunciar siquiera palabras tan inhumanas y tan desgarradoras como *guerra* y *exilio*.

EL FARO DE VIENA

La oscuridad reina a los pies del faro.
PROVERBIO JAPONÉS

En el varadero de mi memoria, ese lugar al que envío las vivencias más valiosas para repararlas del óxido del olvido o para protegerlas del deterioro, guardo el recuerdo de la calidez de aquellas frías noches de invierno en las que la lluvia, la tronada y el viento se confabulaban para enfurecer al Cantábrico. De niño me asustaba la galerna, que azotaba puertas y ventanas como si nosotros dos, los únicos habitantes humanos de aquella línea divisoria entre el mar, la tierra y el cielo, tuviésemos alguna deuda pendiente con el océano. El hombre al que por entonces llamaba papá y al que, a pesar de todo, sigo considerando mi padre dio con un remedio para paliar mis temores en aquellas noches inhóspitas: sus relatos marineros. No se trataba de fábulas ni de leyendas, sino de historias reales sobre navíos de renombre en diferentes épocas.

El ritual era siempre el mismo. Cuando acabábamos de cenar, yo recogía la mesa y él lavaba los platos. Después mi padre subía a la torre octogonal para comprobar que todo iba bien allí arriba, a treinta metros de altitud sobre el nivel del mar, en aquel faro capaz de proyectar su luz protectora a veinte millas náuticas mar adentro en noches de cielos despejados. Seguidamente revisaba las ventanas y contraventanas de la planta superior y de la planta baja para cerciorarse de que estaban en condiciones de resistir la acometida de los elementos. Arrojaba un buen tronco en la chimenea para alimentar el fuego del hogar y un puñado de picadura de tabaco para alimentar el humo en su pipa de madera de peral. Calaba en su cabeza pelada el gorro de lana y echaba un vistazo periscópico tratando de localizar al tercer habitante de la casa, que a esa hora dormitaba en algún rincón del salón. «¿Dónde te has escondido, Grumete? Te vas a perder el relato de esta noche», decía mi padre a media voz cuando no dábamos con su paradero. Y nuestro gato Grumete, negro como un tizón de la chimenea, avanzaba sigilosamente para dejarse ver.

Leopold se acomodaba entonces en el taburete de madera de roble con asiento en forma de hoja y me observaba con su mirada azul marino de vigía en tierra para adivinar si yo iba a ser capaz de vencer a la somnolencia. Si me veía fresco, su memoria soltaba amarras y largaba velas: sin la ayuda de ninguna anotación escrita, comenzaba a anudar hechos, fechas, lugares y nombres de personajes y de navíos, de tragedias y de conquistas, de puertos y de travesías, de estuarios, cabos, golfos, estrechos, mares, océanos… Y siempre ponía el broche final a su relato con una frase, la única que le oí decir en alemán. «*Die Karten lügen, das Meer ist unendlich*». Una especie de moraleja común para todas sus historias. Quiero creer que tras ella subyacía una invitación a mantener la fe en quimeras, en cosas descabelladas, cuando merece la pena seguir creyendo en ellas.

Gracias a aquellos relatos conocí y memoricé también yo la historia de las liburnas de Agripa, que derrotaron a la flota de Cleopatra y de Marco Antonio en el mar Jónico. Y la última travesía de Serpiente Larga, la embarcación de casco trincado con la que el rey vikingo Olaf I perdió el trono y la vida en algún lugar al oeste del mar Báltico. Y las expediciones del Baochuán, el gigantesco buque insignia de nueve mástiles de Zheng-He, almirante eunuco al servicio de la dinastía china Ming que surcó el océano Índico explorando tierras y transportando mercancías preciosas y animales exóticos. Y las tribulaciones de la nao Victoria, la única de las cinco naves de la expedición de Magallanes y Elcano que regresó a España tras completar la primera circunvalación marítima del globo terráqueo. Y el viaje en el que el navío de línea británico Northumberland condujo a Napoleón Bonaparte a su exilio definitivo, en Santa Elena, una inhóspita isla perdida entre África y Sudamérica. Y la tragedia del Essex, el ballenero de Nueva Inglaterra hundido por un extraordinario cachalote en el que se inspiró Herman Melville para escribir su novela *Moby Dick*. Y el misterio insondable del Mary Celeste, el bergantín fantasma que en 1872 fue hallado cerca del archipiélago de las Azores con su carga intacta, pero sin rastro alguno de sus pasajeros ni de sus tripulantes. Y la glamurosa decadencia del Cutty Sark, el último gran velero de la ruta del té que unía las costas de China con las de Inglaterra.

Barcos y más barcos, pero siempre barcos de siglos pasados. No me contó la historia del Endurance, con el que Ernest Shackleton desafió a los hielos de la Antártida. Ni la del Titanic, el naufragio más famoso de todos los tiempos.

Ni la del Potemkin, el acorazado ruso en el que la marinería se amotinó contra el régimen zarista. Ni, por supuesto, la de ningún buque implicado en la Segunda Guerra Mundial.

Sé que mi carácter reservado, hermético incluso, es el resultado de mi infancia de huérfano de una madre que no llegué a conocer y de la soledad en la que me crie bajo aquel faro, una soledad solamente suspendida por las horas de escuela en las que convivía con otros niños y por alguna visita que Leopold y yo hacíamos a la ciudad en días festivos. Él impuso para nosotros dos una existencia cercana al aislamiento en aquella casa-faro. No conocí otra vida en mi infancia, de modo que nada echaba en falta, y yo también acabé desarrollando el recelo y la actitud preventiva que advertía en él cada vez que alguien del pueblo pretendía escarbar en nuestro pasado familiar.

Un día don Anselmo, el maestro, nos pidió en clase que hablásemos del oficio y de los orígenes de nuestros padres. Cuando llegó mi turno respondí que mi padre era farero, que ya había sido farero anteriormente en una ciudad lejana llamada Viena. «¿Viena? ¿En Austria?», preguntó don Anselmo. Yo asentí moviendo la cabeza nerviosamente como un pájaro carpintero. «Miguel, Austria es un país que no tiene salida al mar», se limitó a responder él. No supe qué replicar y el enseñante dejó correr esas aguas poco claras para seguir la ronda de preguntas con mi compañero de pupitre.

Hice el camino de regreso de la escuela dándole vueltas al asunto, pero cuando estaba llegando a casa mi mente cambió de escenario bruscamente. Empecé a oír un sonido desconocido, un ruido afilado que atravesaba el aire como un arpón para clavarse en la espalda rocosa del acantilado. Corrí hacia el faro por instinto, sin saber si estaba huyendo de algún peligro o si estaba yendo a su encuentro. Al rebasar la última loma vi a Leopold plantado en mitad del camino agitando los brazos. «No te asustes, Miguel», me tranquilizó, aunque también él parecía alterado por aquel sonido metálico que seguramente le trajo recuerdos tormentosos de una vida anterior. «Están instalando una sirena en el faro», añadió. Dos operarios estaban probando y ajustando el mecanismo acústico, que replicó su estridente sonido varias veces.

Acudieron algunos habitantes de las casas más cercanas, incitados por la inquietud o por la simple curiosidad. Más de una docena de vecinos respondieron a la desconcertante llamada de aquel artilugio. Nunca había visto tanta gente alrededor de nuestra casa, y nunca más volví a verla hasta tres años después, la mañana en la que desapareció para siempre aquel hombre al que llamé papá y al que sigo considerando mi padre. En la víspera de su muerte, una muerte voluntaria, cuando volvía de la escuela me crucé con un coche que venía del faro. Al pasar a mi lado, la mujer de abrigo elegante que iba en el asiento trasero acompañada por un hombre me miró como si me conociera, y el automóvil, conducido por un chófer, se detuvo quince o veinte metros detrás de mí. Sin dejar de andar, giré la cabeza y observé el vehículo, que retomó la marcha.

Leopold me recibió con el semblante nublado y frío. «Miguel, mañana vas a tener una visita —comenzó diciendo—, mañana vas a conocer a Michaela. Nunca te he hablado de ella... Es tu tía, la hermana de tu madre. Ha venido desde Alemania». No fui capaz de articular ni una sola pregunta a partir de esa revelación, pero até el primer cabo fácilmente. Supe que hablaba de la mujer de abrigo elegante que iba en aquel coche con el que me había cruzado.

Mi padre apenas abrió la boca el resto del día, pero su silencio me desorientó menos que el beso en la frente que me dio al despedirme de él para ir a la cama. A la mañana siguiente, cuando me levanté, había desaparecido. Recorrí con desesperación el faro, la casa y los aledaños en busca de alguna huella de su presencia, o de alguna huella de su ausencia al menos; la encontré a un par de metros del acantilado. Sus botas negras de suela ancha apuntaban al norte, dentro hallé su pipa de madera de peral con restos de tabaco y su viejo gorro de lana. Tendí mi mirada sobre el mar infinito antes de echar a andar sin prisa hacia el puesto de la Guardia Civil para dar aviso. Algo en mi interior me hizo comprender desde el primer momento que ya nada tenía remedio. La búsqueda por tierra y mar, en la que participó buena parte del pueblo, no dio resultado alguno. Imagino que la marea prestó servicio funerario arrastrando su cuerpo aguas adentro.

Tía Michaela apareció a mediodía, en el mismo coche con chófer y acompañada por el mismo hombre del día anterior, al que presentó como Stefan, su marido. Senén, el panadero, que chapurreaba alemán porque había estado en la División Azul, se ofreció para traducir entre nosotros las frases de presentación, pero mi tía no quiso saber nada de él cuando supo que esa división había sido aliada de la Alemania nazi.

Tía Michaela no se mostró afligida ni afectada en lo más mínimo por el suceso que acababa de dejarme completamente huérfano. Respetó mi duelo y me concedió unos días antes de revelarme la cruda verdad. Me dijo que mi madre no murió tal y como me lo había contado aquel hombre al que yo consideraba mi padre. No murió durante el parto, en Austria, sino unos días después de mi nacimiento, en Alemania, su país. También Leopold era alemán, aunque su verdadero nombre no era Leopold. Se llamaba Rudolf Riefenstahl, nació en Hamburgo. En mayo de 1945 las SS dieron órdenes concluyentes a los capitanes de cuatro buques mercantes fondeados en la bahía de Lübeck, en el Báltico. John Jacobsen, el capitán del Thielbek, se negó a obedecerlas y el encargo pasó al segundo de a bordo: Rudolf Riefenstahl. Él organizó con la tropa alemana el embarque y el encierro en las bodegas de más de dos millares de prisioneros y prisioneras procedentes de los campos de concentración de Stutthof y Neuengamme, donde la maquinaria nazi ya no daba abasto para exterminar vidas ante el avance de las tropas aliadas. Las mismas órdenes recibieron y cumplieron los capitanes de los otros tres buques fondeados en Lübeck: el Athen, el Deutschland y el Cap Arcona, que sumaban más de siete mil prisioneros de una treintena de nacionalidades. Los encerraron y los abandonaron en los barcos y dejaron la esvástica, el pabellón de la Alemania nazi, bien visible en el mástil de cada uno de los navíos, para que nada hiciera pensar que se trataba de buques cargados de prisioneros. La RAF, la aviación militar británica, hizo el resto descargando sobre ellos un infierno de bombas.

Aquel día la suerte bendijo a medias a tía Michaela, que fue una de las setenta personas que sobrevivieron al bombardeo aéreo en el Thielbek. La bendijo a medias, porque aunque salvó la vida perdió a sus dos hermanas. Una de ellas, Angelika Bahlow, era mi madre. Había dado a luz durante el traslado en tren hasta el puerto de Lübeck y me tuvo entre sus brazos hasta que intuyó, nadie sabe cómo ni por qué, lo que iba a suceder al subir a aquel barco. Suplicó que alguien se hiciera cargo de su bebé y, nadie sabe tampoco cómo ni por qué, el propio Rudolf Riefenstahl se hizo cargo de mí. Salvó mi vida mientras colaboraba para que mi madre y una infinidad de personas perdieran las suyas. Cinco días después de aquel bombardeo Alemania se rindió. Rudolf Riefenstahl huyo del país llevándome con él. Se refugió en la España franquista, donde no tuvo necesidad de responder a demasiadas preguntas para pasar a ser Leopold Bormann, un joven viudo sin pasado que viajaba conmigo, su único hijo. Fuimos a parar a la costa del Cantábrico, allí encontró trabajo como farero.

Durante doce años tía Michaela destinó todos sus recursos y todos sus esfuerzos a la misión de encontrarme. Cuando ella y su marido se presentaron en el faro aquella tarde, Rudolf Riefenstahl, ya desenmascarado, les pidió únicamente que le concedieran un día de margen para que pudiera contarme él mismo esa historia; un relato de mar, después de todo, como los que me contaba en las noches de galerna, aquellos relatos en los que la vida y la muerte libraban siempre una lucha agónica y no siempre había un final feliz. Supongo que no reunió el valor necesario para mirarme a los ojos y contarme esa historia pendiente, la historia que me había robado mi identidad. Dejó que me hablaran por él sus botas negras, su gorra de lana, su pipa mirando al mar.

En los años siguientes odié a Rudolf Riefenstahl y renegué de Leopold Bormann. Al primero lo odiaba por sus acciones y del segundo renegaba por sus mentiras, también porque su obsesión por desterrar toda huella de su pasado me había negado la oportunidad de aprender la lengua materna de mi madre, y eso hizo que mis primeros tiempos en Alemania, con tía Michaela y con tío Stefan, tuvieran el sufrimiento añadido de las trabas para comunicarme. Cuando adquirí la fluidez necesaria para expresarme en alemán, me atreví a preguntarle a tía Michaela qué pensaba sobre el hombre al que yo había considerado mi padre. Ella, que era de familia luterana pero que había convivido con mujeres judías en el campo de concentración, me respondió con unas palabras del Talmud. «Quien salva una vida es como si salvara al mundo entero. Quien destruye una vida es como si destruyera al mundo entero». Sin embargo, eso no resolvió mis mortificantes dudas, porque el marino Rudolf Riefenstahl, antes de buscarse una nueva identidad como el farero Leopold Bormann, fue colaborador necesario para arrasar dos millares de vidas humanas, pero también salvó una, la mía. Fue un destructor y un salvador del mundo entero, si tomamos al pie de la letra esas dos frases de los libros sagrados del judaísmo.

En Alemania me alejé del mar, pero no de las aguas. Cursé estudios de marina civil y entré a trabajar en la corporación de prácticos de Hamburgo, puerto de aguas profundas en el río Elba. En mi primer viaje a Viena hice espontáneamente algo que acabó convirtiéndose en una costumbre o en una fijación que reproduzco siempre que visito, por algún motivo, la capital austriaca. Cada vez que viajo allí, ya sea solo o en compañía, me reservo un par de horas en soledad. Me camuflo en la noche, recorro varios kilómetros a pie, río arriba o río abajo, por las dos orillas del Danubio. La búsqueda siempre es infructuosa, pero nunca renunciaré a la quimera de encontrar algún día la luz del faro que ilumine mi pasado allí donde se supone que no llega el mar.

«Die Karten lügen, das Meer ist unendlich». Sé que mientras siga creyendo en esta frase nadie podrá convencerme de que no existe el faro de Viena. *«Die Karten lügen, das Meer ist unendlich»*, «Los mapas mienten, el mar es infinito».

LAS CENIZAS DE LAS ÚLTIMAS PALABRAS

El destino es un mar sin orillas.
ALGERNON CHARLES SWINBURNE

Amanece y en el patio de armas ya han empezado a tocar a muerte los tamborileros. Somos treinta los hombres que van a ahorcar esta mañana. He de darme prisa, tengo que mover la pluma con la firmeza y con la soltura de la espada en un abordaje. He de poner toda la atención en ordenar mis últimos pensamientos entre los lamentos de los heridos y las maldiciones que resuenan en la garganta húmeda de esta mazmorra.

Impera la oscuridad en este presidio, aunque yo tengo la luz que preciso para dejar esta huella de tinta firmada con mi vida, una vida que ha sido más larga e intrépida de lo que alcancé a imaginar cuando me eché a la mar, cuarenta años hace ya de eso. Mis cofrades me han concedido un doble trato de favor en estas horas finales. Me han hecho sitio bajo la ventana para que escriba con el claror del crepúsculo de la mañana africana y han acordado que yo forme parte del último quinteto, pues los Casacas Rojas han consentido al menos que decidamos nosotros mismos el orden en el que caminaremos hacia el patíbulo. Me han regalado este rayo de luz y este renglón de tiempo para que escriba, negro sobre blanco, un relato que no es solo mío, saben bien que es el relato de todos ellos.

Arrecia el restallido de los tambores anunciando el inicio de la siniestra ceremonia. Ya vienen a reclutar para la soga a los cinco primeros. Son Hornigold, Larking, McGowan, Kazim y Andy *Media Libra*… Larking va abriendo la marcha, rígido y resistente como un remo de madera noble. Sale al patio reclamándoles a los soldados de la guarnición un buen trago de alcohol como último deseo, va proclamando que quiere llegar al averno con olor a ron en su aliento.

Me ha hecho recordar el final de los hombres de John Rackham, al que llamaban de una a otra orilla del océano Jack *el Percal* debido al género que gustaba vestir en calzas y camisas. Perdió el último navío que capitaneó sin combatir, cuando dos fragatas de la Royal Navy salieron a su encuentro en el Paso de los Vientos, el estrecho que forman las aguas del Atlántico y del Caribe entre Cuba y La Española. Al ver que no tenían escapatoria posible ni fuerza artillera suficiente con la que plantar combate, él y sus hombres dejaron el barco al garete, a merced de los vientos y las corrientes, retrasando así la rendición el tiempo necesario para poder agotar, con tragos rápidos y abundantes, los tres barriles repletos de ron añejo que aún quedaban en la bodega. Cuando los abordaron, lo que encontraron los fusileros de Su Majestad fue un hatajo de piratas gozosos, desperdigados por la cubierta y borrachos como una cuba. Unos pocos habían saltado por la borda para que la mar completara la misión de llenarles las entrañas de líquido, al resto los colgaron al desembarcarlos en Spanish Town. En una taberna de ese puerto jamaicano oí decir, en boca de un viejo bucanero, que algunos de aquellos hombres todavía olían a ron cuando los ahorcaron. Jack *el Percal* se despidió desde el patíbulo compadeciendo a quien tuviera la desgracia de hallar el tesoro de oro, plata y piedras preciosas que había enterrado en un islote ignoto del Caribe, porque el barco que hubiera de transportar ese botín se hundiría a causa del peso de la carga.

Vuelven los soldados a la mazmorra para llevarse al segundo quinteto de bravos hombres. Van en él João el portugués y Lamont el criollo. João fue el único superviviente enemigo en la victoria más singular que viví sirviendo bajo la Jolly Roger de John Roberts, pirata galés al que medio mundo conoció como Bartholomew Roberts. John Roberts era el capitán de The Royal Fortune, un galeón artillado con más de treinta cañones. Con él sorprendimos, en un atardecer de un mes de octubre, a una goleta portuguesa a no muchas millas del archipiélago centroafricano de Cabo Verde. El capitán de aquel mercante no accedió a entregar la nave. Ya acechaba el anochecer y no había tiempo para la negociación ni para alargar la espera, pues era grande el riesgo de que la goleta virara el rumbo y escapara aprovechando la noche sin luna.

Nuestros artilleros abrieron fuego contra los mástiles para inmovilizar el navío. No había propósito de hundirlo, pero el fuego incendió las velas y desde las velas las llamas se extendieron a los palos. El capitán de aquel barco no dispuso que la tripulación salvara la vida, y ni uno solo de aquellos hombres se lanzó al agua cuando la nave ya estaba condenada a la quema y al naufragio. La oscuridad ya había abierto sus alas sobre nosotros y desde The Royal Fortune contemplamos las siluetas, iluminadas a contraluz por el fuego, de aquellos hombres alineados en cubierta, engarzados con sus brazos y hombros como eslabones de una cadena irrompible, mientras las telas y las maderas incendiadas se abatían sobre ellos para abrasarlos. El capitán Bartholomew Roberts ordenó que la segunda batería de estribor alzara el punto de mira y que lanzara una andanada que sobrevoló la goleta en dirección al firmamento como salva de honor en reconocimiento al sacrificio, absurdo pero noble, de aquellos marinos lusitanos.

Tan solo se salvó João, el timonel, al que la providencia o el azar le concedió la gracia de la supervivencia cuando uno de los aparejos lo embistió lanzándolo a las aguas. El capitán Roberts, turbado por la insólita actitud de la marinería del barco portugués, que —más tarde lo supimos— no transportaba mercancía valiosa alguna por la que valiera la pena matar o morir, gritó desde la toldilla que había que salvar a aquel único superviviente. Reforzó esa orden ofreciendo diez doblones de a ocho de oro español, de su propio patrimonio, para quien lograra rescatarlo con vida. Lamont, el criollo antillano, se encaramó a la borda *ipso facto* y se zambulló en el océano. Desapareció en la oscuridad batida de las aguas, pero no tardó en volver hacia el casco dando brazadas como un tritón y tirando de João. Después dividió con él a partes iguales los diez doblones de la recompensa del rescate, el portugués se unió a nuestra tripulación y desde aquel día ambos han sido uña y carne. Ha querido el destino que salieran juntos hacia el cadalso y que en esta ocasión fuera el portugués el que tirara del criollo, herido en una pierna en el combate que nos ha traído a este final irremediable.

Vienen a por otros cinco. La horca es tan voraz como la mar, que aunque todos los ríos van a dar a ella nunca se sacia de agua. He de abreviar mi relato. Nada he contado aún del origen ni de la condición de quien esto escribe de su puño y letra. La historia de mi persona no tiene mayor valor que la historia mayor y colectiva de la que quiero dejar estela en este escrito. Diré tan solo que Gregory Alexander Cleg fue el nombre que me dieron en mi nacimiento, en el año de 1659, en la ciudad de Plymouth, en la costa meridional de la bella Inglaterra. Y que asistí a la escuela de gramática, donde recibí instrucción en latín y en geografía, conocimientos que me han sido de utilidad y de provecho en las sucesivas vidas que he vivido. Y que durante un tiempo serví como tercer oficial en un bergantín de la Royal Navy. Las circunstancias que hicieron que apostatara de la tricolor Union Jack para adherirme a la blanquinegra Jolly Roger carecen de importancia, pues todos vinimos a parar a esta cofradía de hombres sin ley por rutas distintas pero por similares motivaciones: el afán de aventura, el deseo de riquezas, el anhelo de libertad... Juro que de nada me arrepiento, y de igual modo que he entregado lo mejor de mi ser al océano, encomiendo lo poco que pueda ser salvado de mi alma a Poseidón y a Neptuno, dioses milenarios de la mar, porque otra fe no profeso: no creo en el Dios de los cristianos, ni en el Alá de los mahometanos, ni en el Yahvé de los hebreos. *Una salus victis, nullam sperare salutem,* escribió el gran poeta Virgilio. La única salvación de los vencidos es no esperar salvación alguna.

Han vuelto a por otro quinteto los embajadores de la Dama de la Guadaña. Para tapar el sonido de los tambores del patio de armas que se cuela entre los barrotes de la ventana, Eddy *Tres Dedos* arranca con una estrofa de *Spanish lady*.

As I went down to Dublin city,
at the hour of twelve at night,
who should I see but the Spanish lady,
washing her feet by candle-light.

Badrick, sentado a mi lado, observa con atención la pluma y el papel, como si sus ojos analfabetos pudieran descifrar las letras e interpretar las palabras de mi escrito. Lo conocí en tierra firme, en una de las muchas tabernas que había en Port Royal, puerto franco de filibusteros, bucaneros y saqueadores. Allí vivían siete mil almas y había de promedio una taberna por cada veinte almas. Allí vi a hombres dilapidando cientos de piezas de a ocho en una sola velada, entre licores, manjares, juegos de azar y vicios carnales. Allí conocí a inolvidables corsarias, sabíamos que eran mujeres, aunque quisieran pasar inadvertidas vistiendo como varones. Una de aquellas mujeres bebía, maldecía y luchaba con tanta garra y reciedumbre como el más bravo de los hombres. Una noche presencié cómo le amputó a un marinero, con un certero golpe de sable, la mano con la que acababa de manosearle el pecho sin su consentimiento.

A Port Royal le arrebató toda su grandeza el terremoto del año 1692, que hundió bajo las aguas dos terceras partes de la ciudad. Los apologetas de la justicia divina quisieron ver en la catástrofe un castigo de Dios contra la que consideraban la Sodoma del Nuevo Mundo. Presagiaron que aquello era el principio del fin de la época dorada de la piratería. Tal vez no les faltaba razón en ese vaticinio.

Badrick es negro como el ébano, su nombre significa «poderoso en la batalla» en patuá, la lengua nativa de su isla. Compartí con él quebrantos y alegrías durante los que fueron los mejores años del capitán Edward Teach, *primus inter pares,* al que todos —sus amigos y sus enemigos, sus aliados y sus adversarios— conocimos como Barbanegra. Bajo su mando navegamos Badrick y yo por las aguas abiertas de la libertad a bordo del Queen Anne's Revenge, una fragata botada en el astillero de Bristol con el nombre de Concord y que pasó a ser La Concorde de Nantes tras ser apresada por los franceses en la guerra de sucesión de la Corona española. Barbanegra, que por entonces gobernaba un bergantín, se adueñó de ella a cien millas de la isla antillana de Martinica. Bastaron un par de andanadas de advertencia para que los galos, diezmados y desmoralizados por la disentería y el escorbuto, rindieran el navío. Barbanegra determinó que los prisioneros fueran desembarcados en las islas Granadinas y allí tuvo a bien cederles, como acto de desagravio, un barco más pequeño, que los franceses bautizaron como *Mauvaise Rencontre, Mal Encuentro,* pues en verdad había sido infortunado para ellos el encuentro con los piratas.

Poco después de ese episodio Badrick y yo, que errábamos por las Bahamas en busca de nuevo destino, nos enrolamos en el Queen Anne's Revenge. Era un navío ágil de tres mástiles, cien pies de eslora y veinte de manga, con cuarenta cañones de veinticuatro y de treinta y seis libras de calibre, y una tripulación que llegó a reunir un centenar de hombres que hablaban una miríada de idiomas y que eran oriundos de las más diversas tierras. Barbanegra enarbolaba su propia Jolly Roger, a tres colores, en la que se representaba a un diablo blanco sobre fondo negro sosteniendo en una mano un reloj de arena y empuñando con la otra una lanza que apuntaba a un corazón rojo. Cuando algún navío cruzaba su ruta con la nuestra, la bandera transmitía un mensaje preciso a sus tripulantes: disponían de poco tiempo para entregar el barco antes de que la sangre empezara a teñir de rojo el azul del mar. A lo ancho de todo el Atlántico atacamos buques británicos, neerlandeses, franceses, españoles... Con la furia de nuestros cañones arrancamos de cuajo mástiles en los que ondeaban, altaneras y arrogantes, las banderas de los reinos e imperios más poderosos. A sus emperadores, monarcas, príncipes, virreyes y gobernadores de toda ralea les enseñamos, con la pólvora y el acero, la lección de que los potentados no pueden arrogarse la posesión de los mares. Hicimos nuestra aquella consigna de *Enrique IV*, de William Shakespeare: «Caballeros, el tiempo de la vida es corto. Si vivimos, vivimos para pisar cabezas de reyes».

Fue hace unos años cuando Badrick y yo ejercimos un derecho estipulado en el código de conducta de Barbanegra y compramos nuestra libertad para cambiar de barco y de mando, seducidos por la personalidad de Bartholomew Roberts, capitán culto y de usanza refinada al que ya he mencionado en este escrito. Con él vivimos las últimas expediciones y travesías en The Royal Fortuna. Fue un periodo efímero, para nuestra desgracia, porque a Roberts ya lo acosaba con saña la Royal Navy. Frente a cabo López, en la península de Mandji, en el África atlántica, entablamos desigual combate contra el galeón de guerra Swallow. Yo mismo fui testigo de la muerte del capitán Roberts, vi cómo se apartaba, dando tumbos, de la lucha cuerpo a cuerpo en la que acabamos para intentar rechazar el abordaje. Llegó como pudo al alcázar de The Royal Fortuna, hincó las rodillas sobre las tablas, llevó su mano al pescuezo para valorar la gravedad del tajo, y cayó de bruces. Los que aún quedábamos en pie no tardamos en entregar las armas.

Nathaniel abre la penúltima tanda en este viaje sin retorno hacia el patíbulo. Va canturreando con tono alentado *Drunken Sailor*. «¿Qué haremos con un marinero borracho a primera hora de la mañana?», dice la letra.

Se acerca el momento para nosotros, los cinco últimos. Confío en poder recorrer sin flaqueza las últimas yardas de esta vida. Pido a Poseidón y a Neptuno que me den aplomo y entereza, no preciso otra cosa. No necesito ron que me nuble los recuerdos o que me atrofie ninguno de mis cinco sentidos. Quiero recordar hasta el final el perfume vegetal de la costa de Yucatán, el estrépito del oleaje mordiendo las rocas de la isla de la Tortuga, los vientos alisios rozándome la piel en pleno océano, la visión del Port Royal invencible que conocí, el sabor de la sal que flota entre la mar y el aire frente a los colosales acantilados de Terranova.

En la Inglaterra de tiempos pretéritos, los condenados a muerte reservaban una última moneda para el verdugo, un incentivo para que el ejecutor empleara toda su destreza y atinara en el golpe de hacha. Yo he destinado las últimas monedas a pagar la complicidad de un guardia para que me proveyera de pluma, tinta y papel, y también para que entregue este escrito al contramaestre de un bergantín que zarpará mañana hacia la costa meridional de Inglaterra, donde el destino final de estas hojas debería ser el taller de un veterano e íntegro impresor que conozco en Plymouth. Confío en que él acceda a publicar estas memorias.

Si esto ha de convertirse en palabra impresa, pido que mi nombre figure en letra humilde y pequeña, pues no he buscado gloria para mí ni he pretendido glorificar en este escrito nuestras vidas, que hoy concluyen. Si, por el contrario, no cumpliera su cometido alguno de los hombres de los que depende que este relato llegue a ver la luz algún día, confío al menos en que estos recuerdos ardan en el olvido con la misma majestuosidad que las velas y los aparejos de uno de esos honorables navíos que no se rinden. Y que las cenizas de estas últimas palabras sean como la pólvora de una salva de honor que apunta a las estrellas del firmamento.

Ya están aquí los Casacas Rojas, vienen a vaciar por completo esta mazmorra. Dejo escrito esto en esta mañana de enero del año 1720, a pocas yardas de distancia del patíbulo y a pocas yardas del océano Atlántico, en el golfo de Guinea, en el castillo de Cape Coast.

Firmo y soy Gregory Alexander Cleg,
también conocido por mis cofrades de la mar
como Greg *el Escribano*

UNA NOCHE EN LA BELLE ALLIANCE

No es posible ganar una guerra, del mismo modo que no es posible ganar un terremoto.

JEANNETTE RANKIN

El duque llegó a la posada de La Belle Alliance escoltado por otros tres jinetes. Media docena de dragones escoceses de un regimiento de caballería ligera daban agua a sus caballos en un abrevadero improvisado entre dos casas ruinosas, a poca distancia de la posada. Las casacas rojas y las casas grises cohabitaban en la paleta de colores del crepúsculo vespertino bajo un cielo barrido de norte a sur por un destacamento de nubes en formación. Los dragones estaban entonando el célebre *Auld lang syne*, un poema cantado del escritor y campesino escocés Robert Burns.

For auld lang syne, my jo, for auld lang syne…

En medio de aquel tumulto de gargantas, solo uno de los dragones oyó el relincho embravecido de Copenhagen anunciando la llegada de la discreta comitiva. El escocés alzó la vista y miró con simpatía al caballo, sin prestar demasiada atención al insigne jinete que iba a lomos de la montura. Se decía de los dragones que ellos mejor que nadie sabían apreciar el valor y la valía de un caballo.

We'll tak a cup o' kindness yet, for auld lang syne...

—Los Royal Scots Greys han luchado hoy con voluntad de hierro y con brazo de acero —declamó con artificiosidad el general español Miguel Ricardo de Álava, que ese día se había convertido, por capricho del azar o por dictado del destino, en la sombra y en el ángel custodio del duque—. Ya los vimos guerrear con osadía en la batalla de Arapiles, pero lo de esta tarde ha sido asombroso.

—Y han pagado un precio muy costoso en número de bajas —agregó el duque observando a la media docena de dragones escoceses.

We twa hae run about the braes, and pu'd the gowans fine...

El general Álava repartió la mirada entre el duque y los otros dos jinetes que los acompañaban. No veía el momento de excarcelar los pies de los estribos y desmontar, pero lo más procedente era que el comandante en jefe de los ejércitos aliados fuera el primero en poner pie en tierra. El duque, por su parte, prefirió esperar hasta que aquellos soldados de la caballería ligera terminaran su canción en dialecto escocés de las tierras bajas, cuya melodía le recordó lejanamente una canción que sonaba en algunas tardes de su infancia dublinesa en el parque de Faiche Stiabhna.

And we'll tak a richt gude-willie-waucht, fir ald lang syn.

Tras los últimos acordes, el duque descendió de Copenhagen y acarició la crin del animal. Copenhagen tenía siete años, era un cruce entre un purasangre y un caballo de raza árabe. Se lo había comprado al marqués de Londonderry dos años atrás, en España. No era el caballo más veloz que había tenido, pero era el más resistente.

Un soldado se fue con el animal hacia la cuadra para desensillarlo y asearlo. Mientras seguía su marcha con la vista, el duque rememoró el momento determinante en el que, pocas horas antes, desde lo alto de la loma de Braine-L'Alleud se elevó sobre los estribos de Copenhagen y agitó en el aire el sombrero de paño galés para ordenar el avance de las líneas. Uno de esos momentos en los que da la impresión de que la Tierra está a punto de detener su movimiento de rotación, en los que el mundo se para a la espera de un desenlace que puede cambiar el rumbo de la historia. Acudieron a su mente unos versos del poeta inglés William Blake que dicen que es posible contener el infinito en la palma de la mano y la eternidad en una hora.

El duque y el general Álava comenzaron a andar en dirección a la antojana de la posada. Nada más abandonar el camino, un barro tierno cubrió casi toda la altura de la caña de sus botas. Tras avanzar unas pocas yardas, el duque se giró y vio que seguían su marcha en el lodazal los dos jóvenes oficiales desconocidos que acababan de cabalgar con él y con Álava desde el campo de batalla. Fue entonces cuando empezó a cobrar consciencia de las bajas cercanas que dejaba tras de sí la monumental batalla. El general Karl von Vincent, comisionado austriaco, había sido el primero en caer, a media tarde. Una bala de cañón de seis libras le arrancó parte de la mano izquierda y lo evacuaron al puesto médico de las amputaciones urgentes. Al teniente coronel Alexander Gordon lo descabalgó de su montura un proyectil de ocho libras (los que tenían experiencia y buen oído distinguían el peso de la munición del cañón por la intensidad del silbido que trazaba en el aire), fue imposible salvarle la pierna e iba a resultar muy difícil salvarle la vida en las horas siguientes. A Fitz-

Roy Somerset, secretario militar del duque, otro disparo de artillería le destrozó el brazo derecho y lo sacaron del campo de batalla implorando que alguien lo rematara. Un proyectil de seis libras alcanzó por la espalda al intendente general, William de Lancey, y lo aventó a varias yardas de distancia como si fuese una pelota de críquet golpeada por el tridente colérico del demonio: los cirujanos no llegaron a tiempo de contener la hemorragia.

El duque, con la mirada ensombrecida tras repasar mentalmente la lista de los caídos a los que podía poner nombre, pidió a los dos jóvenes oficiales que lo dejaran a solas con el general Álava, y el vasco y el irlandés desandaron sus pasos sobre el barro para regresar al camino empedrado. El comandante en jefe de los ejércitos aliados vagó por el camino un buen rato pensando en esos *lores* y *sires* a los que la muerte había convocado con la misma arbitrariedad que a las docenas de miles de soldados sin rango que perdieron la vida en apenas siete horas a lo largo de un frente de cinco millas.

—El Creador nos ha protegido en este día extraño —dijo el duque, y la frase sonó como si fuera destinada a ser grabada en piedra.

El vitoriano Álava, con el que compartía amistad desde la campaña militar de Portugal, asintió al tiempo que sacaba de su alforja el cuadernillo de operaciones y el silbato de convocar a los ayudantes de campo. Esos dos utensilios de guerra eran el legado que había recibido de manos de William de Lancey cuando este agonizaba y la batalla aún requería de apuntes y silbos de táctica y de estrategia en medio del mortífero desconcierto.

El duque aprovechó la última luz del día para descansar la vista examinando el paraje que lindaba con la posada. Le costaba creer que la tierra ya no temblara bajo sus pies, que el aire no exhalara olor a pólvora y a sangre, que no le ensordeciera el estampido de los cañones, que no sintiera los gritos de agonía ni las desesperadas demandas de auxilio expresadas en diferentes idiomas (porque la muerte conoce y escucha todas las lenguas, aunque no presta oídos a ninguna). El viento portaba un olor a humedad y a lluvia, y aportaba un aroma a fango y a hierba mojada. El canto de un jilguero sin manada despuntaba sobre el fatigado sonido de las ruedas de un cañón que avanzaba por el camino, remolcado por una yegua percherona y por un par de artilleros entrados en años. Un solitario álamo con hojas de un verdor en retroceso anunciaba la llegada del verano y le hizo recordar al duque la figura del árbol que marcaba la posición del puesto de mando esa tarde en la loma de Braine-L'Alleud. Cayó en la cuenta de un hecho inaudito, posiblemente tramado a medias por la botánica y por la milicia: el fuego enemigo había segado miembros y vidas con una pasmosa facilidad entre la alta oficialidad y ni siquiera había raspado una rama de aquel álamo impertérrito en más de siete horas de batalla.

El duque fijó la vista en La Belle Alliance, proyectó hacia ella una mirada ofuscada con la que pretendía desentrañar los enigmas y los secretos que amparaba la posada. ¿Cuánto tiempo llevaba en pie? Un siglo quizás, tal vez dos. ¿A cuántos caminantes había ofrecido manta y mantel para mitigar el hambre y el frío antes de convertirse, en esos días, en lugar de paso de la historia, de la gran historia? La casa era de planta larga y estrecha, con un amplio tejado a dos aguas del que descollaban dos chimeneas de altura pareja. Cuatro ventanas verticales, protegidas con barrotes de hierro y contraventanas de madera, flanqueaban la entrada principal, que consistía en una puerta angosta y de poca alzada en la que el duque, con su metro ochenta de estatura, posiblemente iba a tener que doblar la cerviz para poder entrar. Había otro acceso, más pequeño, en un extremo de la fachada. Dos soldados de infantería de línea montaban guardia en las dos entradas, mosquete en mano, con la mirada clavada en la llanura valona.

El general Álava respetó aquella voluntad de silencio del duque, que se mostraba a ratos distante y a ratos ausente. No le pasó inadvertido que la puerta de entrada no tenía demasiada altura y lo usó como torpe pretexto para poner fin al mutismo.

—Parece una puerta hecha a medida del pequeño corso —murmuró el general alavés—. Habrá escogido esta posada justo por eso, para convencerse de que daría la talla ante las horas decisivas.

—¿Eso pensáis? —preguntó el duque con notorio fastidio—. ¿Pensáis que alguien en su sano juicio podría estar convencido de que daría la talla en una batalla impredecible como la que hemos librado hoy?

—Pienso que nuestro gran adversario no está en su sano juicio. Aseguran nuestros espías que esta mañana, sentado a la mesa ahí dentro, les prometió a sus generales que resolvería la batalla en menos tiempo del que emplearía en desayunar. Y añadió a esa fanfarronada que a estas horas estaría cenando en Bruselas.

El duque respondió con un difuso silencio. Contempló el chisporroteo de la hoguera que acababan de encender los dragones escoceses, que se preparaban para pasar la noche al raso.

—¿Entramos? —sugirió el alavés.

—Entremos —convino el irlandés.

—El príncipe ya no puede tardar —aventuró el general Álava, que le brindó, sombrero en mano, la preferencia de paso.

El pelo revuelto del duque rozó el marco superior de la puerta de la posada, aunque no tuvo necesidad de agachar la cabeza para franquear la entrada. La estancia los recibió con el olor entrañable de la leña en la chimenea y de las viandas en los fogones. Tres figuras humanas de tres generaciones distintas atravesaron la escena sucesivamente: un anciano atizó con un fuelle el fuego de la chimenea y encendió tres candelabros, de tres brazos cada uno, repartidos a lo largo de una mesa de roble; una muchacha, tal vez su nieta, dejó sobre la mesa tres jarras repletas de agua, leche y cerveza, respectivamente; y una mujer algo mayor que el duque y que el general Álava, de unos cincuenta años —que bien podría ser la hija o la nuera del hombre que avivó el fuego y la madre de la muchacha que trajo las bebidas—, avanzó hacia ellos nerviosamente mientras se secaba las manos en su mandil desgastado.

—*Messieurs, bienvenues dans notre humble demeure* —dijo la mujer doblando las rodillas en una reverencia.

—*Je vous remercie, madame* —respondió el duque desempolvando el francés que había aprendido en su etapa como embajador británico en París.

La mujer se fue con la misma premura con la que había llegado, cargando con una cazuela y con unos cuencos que cogió de la alacena. Al duque le seguía incomodando esa actitud, más cercana a lo servil que a lo servicial, con la que lo habían recibido en todos los sitios donde había combatido y vencido, desde España hasta la India: civiles que se sentían fuera de lugar en su propia tierra al verse en presencia de un mandatario del ejército ocupante. Incluso cuando el ejército ocupante se atribuía el título de libertador.

Tomó asiento en uno de los escaños que ceñían la espaciosa mesa. Álava se sentó frente a él. De nuevo se adueñó de ellos el silencio, embargado únicamente por las voces distantes e ininteligibles del personal a cargo de la posada que estaba faenando en los fogones, entre pucheros y marmitas, para ultimar la cena. Los rescató de su mudez deliberada el centinela de la entrada aporreando la puerta principal con la maña de un tamborilero. El guardia entró, escenificó el saludo marcial y abrió paso a un oficial húsar de imponente presencia: sombrero tubular con pluma, sable de caballería pesada, botas negras, pantalones y guantes blancos, casaca de color azul prusiano.

—Excelencia, pide ser recibido un teniente del Segundo Regimiento de Húsares de Silesia —informó el centinela—. Trae un mensaje urgente de su alteza real el príncipe de Wahlstatt.

El duque dio su conformidad. El húsar avanzó unos pasos, chocó los tacones de las botas como si percutiera una pistola, alargó su mano tapizada con el guante, entregó el despacho, volvió a cuadrarse, agachó y levantó el pescuezo con un movimiento veloz y salió por la puerta precediendo al centinela sin mediar palabra. El duque echó un vistazo al escudo de armas estampado en el sobre, rompió el lacre y leyó en voz alta, resumiendo y omitiendo el almibarado encabezamiento:

—Lamento tener que informar a Su Excelencia de que no podré acudir al encuentro que habíamos concertado para estas horas. Debo partir al frente de dos regimientos de caballería para dar alcance a las últimas unidades enemigas, si fuera necesario iremos tras ellas hasta la frontera francesa. Os enviaré, por medio de un correo, una proposición de fecha y lugar para el encuentro en el que podamos acordar el informe y los detalles de esta magna victoria en la batalla de La Belle Alliance. Firma: Gebhard Leberecht von Blücher, príncipe de Wahlstatt, mariscal de campo y comandante en jefe de los ejércitos del Reino de Prusia.

—Un pasatiempo peculiar el de los prusianos. Persiguen soldados en desbandada —comentó con malicia el general Álava.

—Faculto al príncipe de Wahlstatt para que actúe como crea oportuno. El ejército prusiano puso en el campo de batalla cincuenta mil hombres, yo diría que se han ganado con creces nuestro respeto y nuestra simpatía.

—¿La batalla de La Belle Alliance? ¿Ese va a ser el nombre para la posteridad? —llevó Álava la conversación hacia posiciones más resguardadas.

—Los prusianos pueden llamarla como les plazca, pero nuestra tradición es bautizar las batallas con el nombre del lugar en el que velamos armas en la víspera.

—Eso significa que va a ser conocida como…

—La batalla de Waterloo —sentenció el duque—. Los historiadores británicos merecen que les facilitemos las cosas con la nomenclatura.

El general Álava caminó hasta la ventana y asomó la mirada a la oscuridad, que ya cercaba la posada. Giró la cabeza hacia el duque y le pidió permiso para ausentarse.

—En vista de que el encuentro con los prusianos queda pospuesto, pido vuestra licencia para ir hasta el campamento de Wavre. Allí aguarda un enlace que ha de partir hacia la corte de Madrid de inmediato con noticias de la batalla. Fernando VII no es un monarca al que convenga tener en vilo.

—Por supuesto, no retraséis más la salida. Y tened prudencia en los caminos, porque a pesar del brío del príncipe de Wahlstatt no logrará apresar a todos los franceses que andan en retirada.

El oficial vasco se despidió con una reverencia antes de abandonar la posada. El sonido ronco de la puerta al cerrarse informó al duque de que se quedaba a solas con su soledad. Y esa soledad redoblada era un deseo y al mismo tiempo una amenaza. Se levantó del banco imponiéndose al agotamiento, cogió uno de los candelabros que había en la mesa y comenzó a explorar la estancia. Algo dentro de él estaba buscando un indicio, un reflejo, un rumor, el eco remoto de una carcajada… No dio con ello, pero de algún modo percibió la esencia y la presencia del fantasma del emperador de los franceses, que había desayunado allí mismo esa misma mañana, poco antes de acudir a una cita inesperada con la derrota.

Bien sabía el duque que, al margen de perder una batalla, no había, no hay, nada más doloroso que ganar una batalla. Se apoderó de él una tristeza desbordada, pesarosa y solemne como la *Zarabanda* de Händel. Y fue entonces cuando Arthur Wellesley, atrincherado en su invicta soledad, hizo una de las pocas cosas que no podía permitirse hacer en público su otro yo, el comandante en jefe de los ejércitos aliados, el duque de Wellington, el victorioso *Duque de Hierro:* llorar.

EL FOTÓGRAFO DE LA LUNA

Hay noches en que los lobos están en silencio y es la luna la que aúlla.

George Carlin

—¡Que entre el siguiente! —gritó el que estaba al mando de la horda de falangistas que había tomado el pueblo.

Marcial Suárez Collado escuchó la orden desde la entrada de la escuela, pero, desvalido como un escolar el primer día de colegio, esperó a que alguien le confirmara que la cosa iba con él. El falangista con edad de novato movió el fusil que sostenía entre las manos para indicarle que pasara.

—Entre usted —le dijo en términos imperativos pero respetuosos.

Marcial echó una última mirada, con una mezcla de desasosiego y de pesadumbre, al camión Ebro con capota que estaba taponando la callejuela. Entró en la escuela con el paso quebrado por el miedo, barrió con la vista el aula y retrató con ojo fotográfico el plano general de aquella clase sin niños presidida por un hombre de camisa azul que estaba usurpando la silla del maestro. En aquella clase había un silencio iracundo, ese silencio que albergan los espacios profanados por la violencia. El personaje que sentaba sus posaderas en el asiento modesto y molesto del enseñante mordisqueaba un puro sin humo y cosquilleaba la culata de una Parabellum, una Luger recostada sobre la mesa.

—Vamos a darnos prisa. Ese camión de ahí fuera lleva veinte minutos con el motor arrancado, el gasóleo vale más que el oro en una guerra y nosotros ya deberíamos estar pegando tiros en el frente —dijo el hombre del puro cubano y de la pistola alemana dirigiéndose a su subalterno—. ¿Este quién es?

—Se llama Marcial.

—¿Marcial? Con ese nombre debería gustarle la guerra. A ver si va a ser de los nuestros.

—No, de los nuestros seguro que no es —aclaró el joven del fusil.

—¿Filiación?

—Marcial Suárez Collado. Treinta y cinco años. Es el fotógrafo de la villa.

—Vaya, en esta villa además de rojos, masones y maricones hay un fotógrafo. A ver, Marcial Suárez… Yo soy Román Canal, subjefe provincial de Falange Española de las JONS y la persona que va a decidir en cuestión de minutos tu futuro. Tómate esto como lo que es: un juicio sumarísimo. ¿Tienes antecedentes penales?

—No —respondió Marcial.

—¿Eres militante de algún partido?

—No —repitió la respuesta.

—¿Afiliado a algún sindicato?

—No —volvió a contestar Marcial.

—Entonces, ¿qué coño hace aquí? —preguntó Canal mirando al joven falangista con la impaciencia brotando en su mirada.

—Este es de los que alternaba con los izquierdistas en el casino. Tertuliaba con ellos un día sí y otro también, según nos ha contado un vecino de bien.

—Mal asunto —respondió el subjefe provincial de Falange chasqueando la lengua—. Hacedle sitio en el camión. No hay tiempo para comprobaciones y prefiero cortar por lo sano. No puedo arriesgarme a dejar a alguno de estos con ganas de jodernos la vida en la retaguardia.

El joven del fusil se aproximó al mando para susurrarle unas palabras que sonaron como un último recurso contra la sentencia. Román Canal las escuchó con atención, sin asentir, sin negar. Cuando su subordinado acabó de hablar, giró la cabeza hacia Marcial y le preguntó:

—¿Qué clase de fotógrafo eres tú?

—De lo que haga falta —respondió sin vacilar—. Fiestas, fotos de familia, retratos de difuntos…

—Este es mi yerno —dijo Canal identificando por el parentesco, pero sin llegar a ponerle nombre, al joven falangista del fusil—. Acaba de darme un nieto y vamos a celebrar el bautizo el próximo domingo, suponiendo que los de tu bando no nos toquen mucho los cojones de aquí a entonces y podamos festejarlo como Dios manda.

—Yo no…

—Ahórrate las justificaciones, ya no te hacen falta. Vas a salvar el pescuezo, es tu día de suerte. ¿Queda alguno ahí fuera? —preguntó a su yerno sin nombre.

—No, este era el último.

—Bien. Ve con los del camión, este se queda conmigo. Ya sabes lo que hay que hacer. No os alejéis mucho y no gastéis demasiadas balas. Hay que ahorrar combustible y munición, que todavía nos queda mucha guerra —afirmó apuntando con su cigarro al mapa de España que colgaba de la pared, junto al encerado.

Marcial se estremeció al escuchar aquellas directrices para una matanza y agachó la cabeza tratando de encubrir sus sentimientos.

—Estábamos hablando de tus habilidades para la fotografía… —continuó Canal en cuanto el yerno abandonó el aula—. Te voy a encargar un trabajo para el bautizo de mi nieto.

—¿Un trabajo?

—Unas fotografías en la iglesia y en el banquete con los invitados de postín.

—¿A cambio de qué? —preguntó Marcial con una inusitada valentía.

—A cambio de no hacer que subas al camión de ahí fuera con el maestro, el alcalde y los demás. Es un viaje de ida, pero no de vuelta. Tú verás.

Marcial comprendió que se trataba de una advertencia taxativa e hizo de tripas corazón.

—De acuerdo —dijo.

—Vamos entendiéndonos. Quiero que estés con la cámara el domingo, a las once de la mañana como un clavo, en la entrada de la ermita de San Froilán. Y te quiero vestido decentemente, que vas al bautizo de mi nieto. ¿Queda claro?

—Sí —contestó Marcial.

—Así me gusta. Ya puedes irte.

Marcial dio media vuelta y se dirigió a la salida sintiendo la presión y la opresión de la mirada del dirigente fascista. Fuera de la escuela ya no había nadie. El camión, con todos aquellos amigos y conocidos, había partido hacia el este, según indicaban las huellas de las ruedas sobre el barro, huellas profundas por el exceso de carga. Al echar a caminar escuchó una serie de disparos, con un intervalo de pocos segundos entre uno y otro. Soportó únicamente el sonido de los primeros antes de taparse los oídos con las manos. Se sentía culpable por sobrevivir a aquello, por salvar la vida.

El domingo acudió a la obligada cita cumpliendo con las exigencias que le había impuesto Román Canal. Hizo fotografías del bautizado y de la familia, del cura y del monaguillo, de los mandos de Falange y de los mandos militares, que festejaron el sacramento con júbilo y abundancia, como si en aquel lugar la guerra ya no fuera otra cosa que un rescoldo apagado o una herida sanada.

Unos días después, cuando le entregó a Canal el álbum con su trabajo fotográfico, comprobó que este quedó contento con el resultado.

—No eres mal retratista —reconoció el subjefe provincial de Falange.

—Gracias —dijo él con renuencia.

—Pero estas son las últimas personas que fotografías. Vas a tener que buscarte otro oficio. Mejor dicho, vas a tener que buscarte un trabajo de verdad.

—¿Por qué? —preguntó Marcial—. Yo no sé hacer otra cosa.

—Porque elegiste el bando equivocado. Y no quiero tener gente como tú apuntando a los vecinos de esta villa, lo mismo me da que sea con un arma o con una cámara fotográfica, que puede llegar a ser más peligrosa que un arma.

—Pero…

—No hay peros que valgan. Ahora yo decido lo que se puede hacer y lo que no se puede hacer en esta villa, van a nombrarme alcalde. Soy hombre de acción, preferiría estar en el frente, pero uno debe cumplir con el deber allá donde lo reclamen. Y mi deber a partir de ahora va a ser poner orden para que aquí no volvamos a los tiempos recientes…

«A los tiempos recientes de libertad y progreso», completó Marcial la frase con un pensamiento que no verbalizó. No dijo nada porque no supo cómo rebatir una prohibición que pretendía ser un razonamiento. Se limitó a pedirle permiso para irse a casa.

El fotógrafo desapareció del pueblo a los pocos días sin informar a nadie; allí ya no le quedaba familiar alguno y todos a los que consideraba amigos habían dado con sus huesos en la cárcel o habían sido asesinados en una cuneta. Nada se supo de él hasta que regresó, unos meses después del final de la guerra civil, con un brazo lisiado. Él guardó silencio al respecto y ese hermetismo dio pie a que en la villa se extendiera el rumor de que se trataba de una herida de guerra. Nadie le buscó las cosquillas, a excepción del alcalde Canal. Cuando llegó a sus oídos que había regresado dio orden de que se presentara ante él en el Ayuntamiento. Marcial acudió con la cámara fotográfica colgada de su brazo inhábil.

—No sé para qué has vuelto ni me importa —fue el mensaje de bienvenida del alcalde—. Pero te dejé claro antes de que te fueras que no quería verte fotografiando a nadie, y yo no soy de los que dan el brazo a torcer. ¿Queda claro?

—Sí —respondió Marcial.

—Sí, señor alcalde. Que no se te ocurra faltarme al respeto.

—Sí, señor alcalde.

—Si tanto te gusta la fotografía, dedícate a retratar la luna y las estrellas, pero no quiero verte fotografiando a nadie.

—¿La luna? ¿Las estrellas? —preguntó Marcial con la mirada perdida.

—Por mí, como si te subes a ellas y te quedas allí. Y ahora fuera de mi vista, tengo asuntos importantes que despachar.

Marcial se marchó rumiando esa extraña sugerencia que le acababan de hacer... No le llevó mucho tiempo malvender unos prados, provechosos y en terreno fértil, que había heredado de su familia. Con ese dinero se las arregló para costearse la comida y el alojamiento en una casa de huéspedes en la que alquiló una habitación en régimen de pensión completa. Trató de mantenerse fuera del alcance de las miradas fisgonas y de los comentarios chismosos de la gente. A decir de muchos, se había vuelto aún más huraño, menos comunicativo de lo que ya era antes de la guerra. Apenas se dejaba ver por la calle en horas diurnas, pero en días de cielos despejados, cuando envejecía la tarde, abandonaba su cuarto, con la correa de su inseparable Kodak Brownie Star apoyada en el hombro inútil y un trípode y una lámpara de carburo en su brazo hábil. Encendía la lámpara para iluminar su marcha y sus pasos se apagaban en la nocturnidad de los caminos que lo llevaban hasta alguna colina o altozano de los alrededores desde los que observaba durante horas un firmamento repleto de cuerpos celestes señalizados por su lejana luz. En ocasiones no regresaba a la pensión hasta que rompía el alba.

Entre la vecindad fue extendiéndose la sospecha de que Marcial estaba perdiendo la cordura, una sospecha que se convirtió en creencia cuando él mismo encargó en la tipografía de la villa que le imprimieran unas extravagantes tarjetas de visita que decían:

Marcial Suárez Collado
Fotógrafo lunático
Fotografías de la luna en las cuatro fases (nueva, creciente, menguante y plenilunio) y en las cuatro estaciones del año

Dado que lo consideraban un personaje bizarro pero aparentemente inofensivo, no le costó ir ganando espacios para avizorar desde ellos la luna y las estrellas en largas sesiones fotográficas en las que no aceptaba la compañía de ningún ser humano. Y así fue como, para una de esas larguísimas tardes de julio en las que el sol se hace el remolón antes de entregarle el testigo a la noche, logró que el jefe de línea de la Guardia Civil le autorizara a instalar el trípode y la Kodak frente al cuartelillo con el propósito de fotografiar desde allí la luna.

Y el caso es que nadie sospechó de él cuando, dos semanas después de aquella sesión que comenzó a una hora en la que aún había luz solar suficiente para fotografiar con todo lujo de detalles el contorno del cuartelillo, una partida de maquis armada hasta los dientes asaltó el puesto en plena madrugada. Fue un ataque tan calculado que podría pensarse que los guerrilleros antifranquistas habían tenido previamente en sus manos un detallado álbum de fotos sobre aquel cuartelillo para planificar la operación.

Dos granadas de mano lanzadas de forma simultánea destrozaron la puerta de entrada y la única ventana de la fachada, un chaparrón de balas frenó a los guardias que intentaron ganar la calle. Mientras una parte de los guerrilleros contenían a los del puesto a tiro limpio, el resto de la partida se encaminaba a la cercana casa del alcalde, al que ya habían despertado los disparos. Román Canal salió a hacerles frente empuñando su Luger, pero antes de que pudiera usarla una bala perforó su brazo y la Parabellum acabó en el suelo. Los maquis lo condujeron a empujones hasta el tendejón bajo el que estaba, convertido en chatarra que nadie se había molestado en retirar de allí, el camión Ebro en el que, unos años atrás, habían hecho el viaje de ida sin vuelta —como el propio Román lo había calificado— un nutrido grupo de republicanas y republicanos de la villa.

Uno de los maquis se identificó ante Canal como el sobrino del maestro del pueblo que había sido fusilado por orden suya. La emprendió a patadas con el preboste fascista para obligarlo a subir a la caja del vehículo y después le descerrajó dos tiros en el pecho. Los guerrilleros dejaron el cadáver dentro del camión y se replegaron como fantasmas amparados por la noche.

El vecindario de la villa, dividido a la mañana siguiente entre la condena, la aprobación y el miedo ante ese suceso, comprendió en todo caso que aquel mensaje tenía el acento de las cuentas pendientes. En los días de incertidumbre que siguieron a ese hecho nadie se acordó del estrafalario fotógrafo, que tuvo la precaución de no dejarse ver fuera de la pensión. Pasó la mayor parte del tiempo en su habitación, archivando fotografías en papel y negativos que guardaba celosamente, como oro en paño, en una enorme maleta que escondía bajo la cama.

Marcial sobrevivió como pudo en los años siguientes, hasta que agotó el dinero de aquella herencia de tierras. Después, con cincuenta años cumplidos, se trasladó a Gijón y allí encontró trabajo como dependiente en una tienda de ultramarinos que regentaba una prima hermana suya. Volvió a la villa cuando se jubiló, soltero y solo, sin mucha salud y sin ninguna riqueza, pero con los ahorros necesarios para sufragar la vida sencilla y sin lujos que le quedaba por delante. Nadie lo volvió a ver en compañía de una cámara fotográfica, se decía que había regresado de la ciudad curado de sus fantasías lunáticas.

Pasaba las tardes en el bar-tienda de Marisa y Pachu bebiendo sidra, jugando al solitario con la baraja y dándole algo de charla a otros parroquianos. Al llegar la noche se despedía de ellos, caminaba pausadamente hasta el extrarradio y allí se despedía también de la luz artificial de las farolas. Las dejaba atrás avanzando a tientas hasta algún rincón recóndito desde el que pudiera pasar unas horas mirando a la luna como miran y se miran los amantes prohibidos a los que les gustaría vivir su amor en otro lugar y en otro tiempo.

Marcial Suárez Collado desapareció, sin dejar rastro, el 20 de julio de 1969. Era domingo y el bar estaba abarrotado de lugareños abismados ante el televisor en blanco y negro, en el que se escuchaban los comentarios del periodista Jesús Hermida y se veían las imágenes nebulosas de una figura humana con un aparatoso traje de astronauta que descendía por la escalerilla del módulo del Apolo 11 para poner sus botas en la superficie de la luna.

—¿Dónde anda Marcial? —acabó preguntando uno de los clientes habituales del chigre—. Me extraña que se esté perdiendo esto, con la fijación que tuvo siempre con la luna.

Pachu se encogió de hombros sin despegar los ojos de la pantalla. Siguió observando la escena reconcentrado, hasta que vio algo que hizo que reaccionara como un sonámbulo al que despiertan de un sopapo.

—¡Hostia bendita! —exclamó el chigrero—. ¿Vosotros visteis lo que acabo de ver?

—¿El qué, Pachín? —le preguntó Marisa mientras pasaba la bayeta húmeda por la barra—. ¿Qué viste?

—Un *flash*... Una cámara... Un... Qué sé yo.

—¿Un qué sé yo? ¿Eso cómo se come? —se mofó su mujer.

Pachu renunció a dar explicaciones. Aparte de su esposa, nadie le estaba prestando atención y, además, tenía miedo a hacer un ridículo espantoso si contaba lo que acababa de ver en el televisor. Pero podría jurar por sus hijos y por sus nietos que lo que había visto durante un instante, en un ángulo de la pantalla, era la cara redonda y la mirada ensoñadora de Marcial Suárez Collado. Marcial, parapetado en lo que parecía un cráter, sostenía en las manos su Kodak Brownie Star, que soltó un fogonazo preciso para inmortalizar aquellos pasos acolchados de Neil Armstrong sobre la superficie de la luna.

—¿Vas a decirnos lo que viste o no? —insistió Marisa.

—Nada, mujer, nada... Voy a la trastienda a que me dé el fresco y a poner a enfriar más botellas de sidra.

PUENTE DE PEÑAFLOR

Quién pudiera, como el río,
ser fugitivo y eterno.
DULCE MARÍA LOYNAZ

El coronel Jean Blondel apartó con la mano la tela que cubría la entrada de la tienda y entró sin anunciar su llegada. No se alarmó al ver a un soldado con una enorme navaja colocada entre el cuello y la barbilla del mariscal Michel Ney, aunque le sorprendió que el mariscal estuviera ocupado con labores de higiene en esos momentos.

—Coronel —lo saludó Ney al percatarse de su presencia—, ¿sabéis por qué el emperador quiere que los mariscales y generales estemos afeitados y relajados antes de una batalla?

—No, excelencia —mintió Blondel, porque ese comentario ya había llegado a sus oídos, pero en una versión más procaz que decía que Napoleón quería a sus mariscales y generales afeitados y masturbados antes de la batalla.

—Nos quiere afeitados porque simbolizamos el decoro de la Francia imperial y nos quiere relajados para que no actuemos con un exceso de ímpetu que pueda costarnos la batalla.

—No es aquí donde nos espera la batalla, excelencia —aseguró Blondel.

—Pues yo estoy oyendo disparos, eso ya es una novedad. Y seguimos sin saber a ciencia cierta dónde está el grueso de las tropas del general Ballesteros.

—Sabemos por nuestros exploradores que hay una compañía de granaderos del Regimiento de Gijón no muy lejos de esta posición.

—Saber eso y no saber nada viene a ser lo mismo, querido Blondel.

El coronel extrajo unos documentos del tubo tapizado que llevaba bajo el brazo y los desenrolló con parsimonia para darle tiempo al barbero a rematar el afeitado. Ney miró de reojo hacia la navaja, y el soldado, un cabo en realidad, interpretó esa mirada imperiosa e imperial como una señal de apremio, de modo que arrimó de nuevo la hoja metálica al pescuezo del mariscal y rascó de abajo arriba presionando más de lo debido en una piel fina como la suya. El pelirrojo Ney emitió un leve gruñido sin despegar los labios, como un ventrílocuo que deja escapar una maldición entre los dientes. El cabo apartó de inmediato el filo y el mariscal se llevó la mano al cuello como si acabara de ser alcanzado por una esquirla de metralla. Unas gotas de sangre confirmaron que la navaja había rasgado superficialmente su apolíneo rostro.

—¿Y dices que eras barbero en Burdeos antes de la guerra? —le preguntó Ney mientras se daba unas palmadas en la cara con la toalla para quitarse el jabón y la sangre—. Tendrías más futuro como verdugo de la guillotina. Puedes retirarte.

Blondel siguió con los ojos los pasos del cabo en retirada. Aclaró la voz y esperó a que el mariscal se pusiera en pie y le autorizara a dar el parte. Ney alzó la mano doblando dos dedos con la laxitud de un pantocrátor de arte bizantino.

—Veamos, coronel, ¿a qué nos enfrentamos en estos andurriales?

—No es más que una pequeña milicia apostada al otro lado del río —precisó Blondel ojeando los documentos.

—¿No es más que una pequeña milicia apostada al otro lado del río? —duplicó el mariscal la frase con una entonación interrogativa tan poco pronunciada que al coronel no le quedó claro si daba por buena la información o si la estaba poniendo en tela de juicio—. Sea lo que sea, no contábamos con encontrar resistencia entre estos peñascos. Nos hará perder tiempo, y el tiempo puede ser un ladrón de victorias.

—Se trata solamente de un par de compañías del Segundo Batallón del Regimiento de Luarca —continuó Blondel—. Eso y, como mucho, medio centenar de aldeanos de los alrededores mal armados. Con algún comisionado inglés asesorándoles en la estrategia, es de suponer.

—¿Armamento pesado?

—Tienen una pieza de artillería. Abrieron fuego con ella antes de tiempo sobre nuestra avanzada y eso sirvió para prevenirnos.

—Ah, una pieza de artillería. Eso cambia las cosas, posiblemente nos pone en una situación muy comprometida, ¿verdad?

Blondel enrolló los documentos, los metió en el cilindro y colocó el cilindro bajo su sobaco mientras ideaba una respuesta acertada, porque no le había pasado inadvertida la mordacidad que encerraba ese comentario del mariscal.

—En absoluto, excelencia. No pasa de ser un pequeño contratiempo. Estas tierras son de naturaleza montaraz, no podemos descartar que se produzcan encuentros como este.

—Muy bien, coronel, eso es lo que esperaba oír —dijo el mariscal mientras acababa de vestirse—. Dispongo de un contingente de cerca de tres mil hombres de infantería, trescientos de caballería y ocho piezas artilleras de montaña. He de suponer que con eso basta y sobra para que resolvamos con la mayor presteza posible cualquier contratiempo, grande o pequeño, que nos salga al encuentro. He de suponerlo, ¿hago bien?

La respuesta de Blondel volvió a demorarse y Ney ya no tuvo paciencia para esperar por ella. Se llevó el sombrero bicornio a la cabeza y salió de la tienda a paso redoblado.

—¡Excelencia! —gritó el coronel desde el interior.

—Quiero ver el terreno y valorar la situación con mis propios ojos —manifestó Ney.

Los dos soldados que montaban guardia a la entrada se apresuraron a descolgar los mosquetes de sus hombros para tomar la delantera al mariscal y darle escolta.

—Excelencia, aún no tenemos asegurada la orilla —objetó el coronel al darles alcance—. Podría ser peligroso.

—¿Peligroso? En una ocasión escuché decir al emperador que el que teme a la muerte es un ateo de corazón. ¿Sois ateo de corazón, coronel?

—Yo estoy pensando en vuestra seguridad, no en la mía —replicó el coronel, herido en su orgullo al ver que se ponía en duda su valor.

Ney guardó silencio y con él sus tres acompañantes. Al pasar ante la iglesia de San Juan de Peñaflor, se distrajo unos instantes admirando la belleza humana y mineral del pequeño templo románico asturiano. Contempló el arco de triunfo y las columnas con capiteles decorados, miró con urgencia la portada como uno de esos peregrinos del Camino de Santiago que pasan por allí acuciados por la impaciencia y las ganas de llegar a su destino.

Los disparos habían cesado. El murmullo de la brisa de mayo zarandeando las hojas de los nogales y los castaños se acompasó con sus pisadas hasta que tuvieron a la vista el puente. Un capitán de compañía corrió hacia ellos al verlos llegar para evitar que se acercaran en exceso a la orilla del río.

—A sus órdenes, vuecencia —saludó a Ney cuadrándose ante él y ante el coronel.

—Informe, capitán —respondió el mariscal mientras pegaba un ojo al catalejo que le acababa de ofrecer Blondel.

—Tienen apostado un cañón de montaña allí arriba, nuestros tiradores ya han abatido a su primer artillero —dijo el capitán indicando la peña que dominaba la otra orilla—. Ahí abajo han dispuesto una débil línea defensiva de cuatrocientos metros, quinientos a lo sumo.

El mariscal siguió con el anteojo las indicaciones gestuales del capitán, que alzó primero el brazo hacia La Campona y después señaló en dirección a la aldea de Cuero.

—¿Qué sabemos del puente? —preguntó Ney bajando el tubo óptico.

—Es angosto y antiguo, debe de tener varios siglos —aseguró el capitán—. Pero nuestros pontoneros afirman que resistirá el paso de caballería y de artillería.

Ney observó a sus fusileros de infantería ligera parapetados tras las casas, los muros y los hórreos de la margen izquierda del río.

—Debemos liberar este paso antes de seguir avanzando hacia Oviedo —sentenció—. Quiero varias parejas de tiradores y cazadores preparadas para tomar ese vericueto.

El capitán se marchó, a la misma velocidad a la que había llegado, para convocar a los tiradores que requería esa misión. El mariscal avanzó unos metros y Blondel se aproximó a él, sacó del cilindro tapizado un mapa y lo abrió ante Ney. Los dos soldados de escolta que los acompañaban protegieron la posición hincando en el suelo la rodilla uno de ellos y situándose el otro como escudo, por delante de los dos altos oficiales. El dedo índice de Blondel sobrevoló el mapa como un ave acuática en busca de una corriente hasta que lo detuvo sobre un punto concreto del río representado en él. Los grandes ojos azules de Ney apenas tuvieron tiempo de prestar atención a aquel plano de la puebla de Grado. Un disparo segó el aire y un borrón de sangre manchó el mapa que estaba observando. Lo siguiente fue una embestida de Blondel que lo mandó a tierra sin contemplaciones para protegerlo con su propio cuerpo, evidenciando así que el coronel no era un «ateo de corazón». Cayeron junto al cadáver del soldado de escolta al que había tumbado aquel latigazo de plomo mientras el otro devolvía el fuego, secundado por los disparos de los fusileros de la infantería francesa. Una aparatosa descarga de disparos que se perdieron en la espesura vegetal de la otra orilla fue la respuesta, obligada pero ineficaz, a aquel tiro que no buscaba como trofeo la vida de un soldado raso, sino la del oficial de más alto rango, identificado por su bicornio.

Desde el suelo, el mariscal viró la mirada hacia el coronel, que no vio en ella ni el menor asomo de inquietud; era como si Ney supiera algo sobre el desenlace de aquel lance que al coronel se le escapaba. Cuando cesó el fuego de respuesta oyeron una joven y jovial voz de mujer desgañitándose desde la otra orilla.

—¿Qué está gritando? —le preguntó el mariscal al coronel, que seguía sujetándolo con una mano mientras con la otra empuñaba su pistola con medallón de plata en la culata.

—No sabría decirlo. Creo que está farfullando algo en el dialecto de este lugar.

La tiradora asomó parte de la cabeza y los brazos tras el tronco de un árbol. Ney achinó los ojos para distinguirla con toda la nitidez que permitía la distancia. Era una chica alta y flaca como una estaca, hasta tal punto que el tronco de aquel árbol abarcaba sus hombros. Lucía un vestido claro acampanado que desbordaba el árbol por la parte inferior y llevaba el pelo cubierto con un pañuelo colorado. La mujer marcó un semicírculo en el aire con el brazo derecho para mostrar el arma que empuñaba: una carabina corta como las que usaban los húsares franceses.

—¿Decís que estamos en tierras montaraces, coronel? Yo diría que es más que eso. Al parecer aquí las que mejor combaten son las mujeres —comentó el mariscal con una sonrisa de complacencia.

—Hay que hacerla callar —afirmó Blondel.

—No, dejémosla. Así tiene entretenidos a los suyos mientras nuestros tiradores terminan de trepar. Nunca interrumpáis al enemigo cuando está cometiendo un error.

Ney se arrogó esa máxima cuya autoría se atribuía, también, al propio emperador. Regresó hasta ellos el capitán, esta vez acompañado por cuatro fusileros, para llevar al mariscal y al coronel hasta una posición más segura. Antes echaron desde allí un último vistazo a los riscos que tenían a la espalda y divisaron los uniformes de varias parejas de cazadores y tiradores, que no tardaron en abrir fuego. Pronto se demostró la vulnerabilidad de la milicia local, certificada por los gritos de los que iban cayendo al otro lado del río.

A continuación, Ney mandó al ataque a la infantería, que se precipitó desde el centro y desde los costados hacia el puente como un líquido que inunda la boca del embudo para llenar rápidamente la botella. Los invasores cruzaron el río sin mucha resistencia y en la otra orilla se abrió camino el silencio de la muerte a golpe de bayoneta, porque los franceses no querían prisioneros que ralentizaran el avance.

Cuando perecieron las últimas voces resistentes entre el matorral y el arbolado en la ribera recién tomada, el mariscal se abotonó hasta arriba la casaca azul zafiro. Sentía frío, no sabía si era porque había bajado la temperatura a orillas del Nalón, el río más largo y caudaloso de Asturias, o porque la falta de horas de sueño lo había destemplado. Mientras aguardaba el regreso del coronel Blondel con unos despachos, observó desde un extremo del puente centenario de Peñaflor el tránsito de los caballos de carga que tiraban de los cañones con ruedas. Un alférez, encargado de regular el hormigueante tráfico de bestias, hombres y armamento, advirtió que el mariscal estaba sin acompañante alguno e hizo ademán de ir hacia él, pero Ney agitó la mano para ordenarle que siguiera con lo suyo. El mariscal lanzó su mirada a las aguas del Nalón, que estaba transportando cadáveres hacia un mar aún lejano. La llegada de Blondel rescató de las aguas los pensamientos del mariscal, cualesquiera que fueran.

—Excelencia, traigo noticias. Pocas, pero buenas —anunció el coronel dejando que la incertidumbre gobernara durante unos segundos.

—¿Y bien? —preguntó su superior cruzando las manos por detrás a la altura del faldón de la casaca.

—El mariscal Kellerman avanza desde el sur y el general Bonnet continúa su avance desde el este. Me atrevo a decir que en breve estaremos brindando con una botella de buen Borgoña en la ciudad de Oviedo.

La mirada cansada de Ney no reflejó sentimiento alguno ante ese sucinto parte de guerra, no asomó en ella el júbilo ni la indiferencia siquiera. En ese momento cayó en la cuenta de que el coronel llevaba solo unas pocas semanas a sus órdenes y poco o nada sabía de ese hombre que unas horas antes había actuado con arrojo para proteger la vida de su mariscal.

—¿Cuántos años tenéis, Blondel?

—Veintinueve, excelencia —respondió desconcertado ante esa pregunta.

—Bien. Progresáis en tiempo y forma en el escalafón. En el Ejército Imperial todo va deprisa. Todo va muy deprisa en esta nueva Francia...

—Hago lo que está en mi mano.

—Pero yo con dos años menos ya había logrado la banda de general de brigada —puntualizó el vanidoso Ney—. Fue gracias al asedio de Maguncia.

—¿Gracias al asedio de Maguncia?

—Sí, son las batallas las que nos permiten prosperar en la carrera militar, le debemos nuestros ascensos a Marte. —Señaló la efigie del dios romano de la guerra que decoraba la culata dorada de las pistolas de los generales y mariscales franceses—. Yo estaba en la caballería, fue la primera vez que me hirieron en combate. Dos años más tarde una bala me mordió de nuevo las carnes, en Suiza.

—¿En Winterthur? —preguntó el coronel.

—Allí mismo, en Winterthur. Heridas en un muslo y en una muñeca.

—Hoy ha faltado muy poco para que la cosa acabara peor, excelencia. Esa bala...

—No, imposible, peor no podía haber acabado —lo interrumpió Ney—. Una gitana, una de esas que leen el futuro, me dijo una vez que ninguna bala enemiga podrá conmigo.

—¿Visitáis pitonisas? —preguntó el coronel sin esforzarse en disimular su decepción.

—No pongáis esa cara, no visito pitonisas. En aquel entonces yo era teniente de húsares y estaba destinado en el frente del Rin. Un día, en un camino por el que pasaba mi escuadrón, encontramos el carro de una zíngara atrapado en un barrizal. Ordené a mis hombres que lo sacaran del fango y ella se empeñó en leerme la línea de la mano como agradecimiento.

—Hay ocasiones en las que no merece la pena que nos agradezcan las buenas acciones —se atrevió a decir el coronel.

—Dejad la ironía para mejor ocasión, Blondel.

—Disculpad, excelencia, no pretendía ser irrespetuoso. Pero no acabo de entenderlo. ¿Lo que vio la gitana en vuestra línea de la mano fue que ninguna bala os puede matar?

—No, coronel, lo que dijo es que el destino iba a salvaguardar mi vida de las balas enemigas, pero que yo debería protegerla de las balas francesas. Y agregó un pormenor... Dijo que yo no iba a poder decidir el año, ni el día, ni la hora de mi muerte, pero sí el segundo exacto de la misma.

—Si me permitís el comentario, no hay que hacer caso de las supercherías. Atrás quedaron los siglos para ello.

—Quién sabe, querido Blondel. Fijaos, el imperio más poderoso de este siglo arma a sus mariscales y generales con pistolas que llevan la imagen de la Medusa Gorgona o del dios Marte —volvió a señalar la culata de su pistola—. Esto también tiene algo de superchería y, ya veis, con símbolos como estos estamos escribiendo las páginas más gloriosas de la historia de Francia.

Su reflexión ya no tuvo continuidad ni respuesta. Vieron bajar sobre las aguas silentes del Nalón, flotando boca arriba, un cuerpo de mujer que ambos reconocieron por el pañuelo colorado anudado en la cabeza y por el vestido claro acampanado. En un inusual gesto de respeto, el mariscal Michel Ney retiró de su cabeza el bicornio negro mientras la corriente del Nalón desplazaba suavemente el cadáver de la joven y lo hacía pasar por uno de los ojos del puente de Peñaflor. Para corresponder a su superior, Blondel también se quitó el sombrero con un ademán hierático. Al mirar a la mujer, un escalofrío sacudió el cuerpo del coronel, él supo de inmediato por qué, pero era algo que no le iba a revelar nunca a nadie.

Los graznidos de las aves rapaces reconquistaron las alturas de aquel desfiladero que les había arrebatado por unas horas el bronco fragor de la guerra. Un retén de nubes blancas, neutrales, sin bando, dominaba el cielo de la tarde de mayo. Un viento insistente desgreñaba los rizos pelirrojos del mariscal dándoles el aspecto de filamentos de azafrán. El coronel observó de soslayo a Ney, abstraído con el discurrir de las aguas fluviales, y por un momento llegó a preguntarse si aquel hombre era en verdad invencible e inmortal frente al fuego enemigo.

Medio siglo más tarde, en los últimos días de su vida, cuando intentaba capitular con la muerte y firmar definitivamente la paz con la vida, el general de brigada retirado Jean Blondel recordó la charla de aquella lejana tarde en Peñaflor. La recordó —por uno de esos extraños requiebros de la mente, que en ocasiones serpentea como el cauce de un río que discurre entre montañas— en una noche fría, junto al fuego de la chimenea, en su caserón de La Provenza, mientras leía una novela de Victor Hugo que mencionaba el final del mariscal Michel Ney, al que habían pasado por las armas en la Francia de la restauración monárquica concediéndole el honor de dar él mismo la orden de disparo al piquete de fusilamiento, el derecho a decidir él mismo el segundo exacto de su muerte. Blondel puso un dedo sobre aquella página de *Los miserables* para recorrer con él dos frases: *¡Ah, desdichado Ney! Tantas veces expuesto a las balas enemigas y estabas destinado a las balas francesas.* Y Jean Blondel recordó que un día de mayo, al ver pasar por aquel río, bajo aquel puente, el cuerpo de aquella joven mujer, había sentido un escalofrío al pensar —ignorante él, que desconocía la omnipotencia y la omnipresencia del destino— que en aquel lugar de paso una campesina sin instrucción en armas ni en letras, una nadie en mitad de la nada, había estado a punto de matar al mariscal que más amaba y que más necesitaba Napoleón Bonaparte en su vana ambición de conquistar el mundo.

LAS FLORES DEL CAPITÁN RICHARDSON

En los campos de Flandes las amapolas crecen
entre las cruces, fila tras fila,
que marcan nuestras tumbas.

JOHN MCCRAE

El capitán Donald Richardson, fatigado y dolorido, dejó de arrastrar su pierna enferma en mitad del paseo, bajo uno de los arcos cubiertos por plantas trepadoras que desprendían aroma de jazmín chino. Hinchó el pecho bebiendo el aire perfumado y descargó una parte del peso de su cuerpo sobre el bastón de madera de haya con empuñadura de nácar. Con la mano que le quedaba libre sacó de un bolsillo de la guerrera su pañuelo de lino y se secó el sudor de la frente mientras observaba a un niño de pocos años que caminaba a su encuentro de la mano de una niñera uniformada. Al llegar a su altura, el crío tiró de la cuidadora como un ancla, obligándola a detener el paso, para espetarle al hombre de uniforme verde oliva una pregunta indiscreta:

—¿Qué te ha pasado en la pierna?

El capitán Richardson reaccionó echando hacia atrás

la cabeza como si tratara de evitar a un insecto inofensivo pero molesto.

—Me lastimaron —respondió el oficial.

—¿Te lastimaron mucho? —insistió el niño clavando su mirada en la pierna inválida.

—Menos que a otros que estaban conmigo, por suerte para mí.

—Deja en paz al señor, maleducado —intervino la cuidadora, que tiró con energía del crío para retomar la marcha—. Usted disculpe.

Richardson sacó del bolsillo una moneda de un chelín, se la entregó al crío y se despidió de él y de la chica alzando la gorra de plato dos o tres pulgadas por encima de su cabeza en señal de cortesía. Después dejó caer la mirada hacia su pierna inhábil tratando de adivinar por qué seguía despertando curiosidad, o morbo, en una ciudad plagada de cuerpos mutilados y amputados que pagaban el salvaje tributo de cuatro años de guerra mundial. Hizo una pella con el pañuelo de lino antes de devolverlo al bolsillo y siguió camino bamboleando el cuerpo bajo la arcada de enredaderas que rendían honores civiles a los paseantes.

En pocos minutos alcanzó la plazoleta peatonal que circundaba la estatua de mármol de Hans Sloane. Al llegar al pie del monumento dedicado al científico irlandés pasó la mano por el macizo pedestal y esperó, aprovechando la sombra que proyectaba aquel Sloane marmóreo representado con una peluca rizada de la época georgiana, ropaje abundante y una mirada vigilante que sobrevolaba la vegetación que acotaba el Jardín Botánico de Chelsea por el flanco este.

El capitán metió de nuevo la mano en el bolsillo, esta vez para sacar un reloj de plata que llevaba grabadas simplemente las iniciales de su nombre y su apellido: *DR*. Presionó el botón de apertura de la tapa y constató que la aguja del minutero ya había dejado atrás las seis y media de la tarde. Al levantar la vista los vio asomar tras las ramas colgantes de un sauce llorón, caminando a marchas forzadas. Los dos tenían una apariencia semejante: treintañeros, delgados como una paja, con bigote de herradura y bombines de fieltro a juego con sus trajes, trajes de diario. El principal elemento diferenciador entre ellos radicaba en la cámara de fuelle y caja de madera barnizada y en el trípode con los que cargaba uno de los dos hombres, sin duda el fotógrafo.

—¿Capitán Richardson? —preguntó el periodista—. Soy Edward Collingwood, el reportero. Él es Andrew Nell, el retratista.

—Llegan ustedes unos minutos tarde —se quejó Donald Richardson.

—Sí, disculpe. Venimos de una recepción oficial en el Ministerio de Armamento. El señor ministro llegó con retraso.

—Lo creo, Winston Churchill llega con retraso a todo. Y aun así no me extrañaría que acabara convirtiéndose en primer ministro. Siempre tiene un conejo en su chistera, como esos magos que engatusan al público con sus trucos.

Para escurrir el bulto ante ese comentario que tomaba como diana a un miembro del Gobierno de Su Majestad, el reportero emplazó con la mirada a su compañero, que estaba un poco más atrás, montando el trípode y la cámara.

—Capitán, si no le importa vamos a tomar primero las imágenes, porque ya no queda mucho tiempo de luz solar —habló por fin Nell—. Quédese ahí mismo, justo donde está. Deme solo un momento.

—¿Ha traído la Cruz Victoria, capitán Richardson? —preguntó entre tanto Collingwood.

—¿Realmente consideran necesario que pose con ella? —se mostró renuente el oficial.

—Sin duda, es usted uno de los héroes británicos de la batalla de Passchendaele.

—¿Héroe? Soy un mero superviviente de aquel condenado infierno.

—Es muy modesto, yo me atrevería a decir que es usted el primer héroe en la historia de la guerra de blindados —afirmó el periodista con zalamería—. Y a nuestros lectores les agrada saber que Gran Bretaña premia y reconoce el valor de sus héroes.

—¿Se supone que esto es el premio? —preguntó Richardson al exhibir la medalla que guardaba en un reborde de la chaqueta—. ¿Cree que el valor o el sacrificio de un soldado puede compensarse con una bagatela de tela y metal que apenas pesa cincuenta gramos?

—No era mi intención importunarle —se disculpó Collingwood ante el comentario hostil de su interlocutor.

—Que le cuenten eso a los hijos que deja el subteniente Hill. O a las viudas de los artilleros Brady y Budd. O a la prometida del soldado de primera Binley. Que vayan con esas a las familias de los cuatro hombres que murieron defendiendo durante tres días y tres noches interminables aquellas treinta toneladas de chatarra que ya no servían para nada... Que se lo digan a las viudas y a las madres de los miles de muertos de la PSI en Flandes Occidental.

—¿La PSI? —preguntó el periodista.

—La Pobre y Sangrienta Infantería. Ellos mismos se llaman así, ¿no lo sabía? Fueron la carne de cañón que alimentó esta guerra.

El fotógrafo, que ya lo tenía todo a punto, se aproximó.

—Con su permiso, capitán —dijo, seguidamente cogió la Cruz Victoria que Richardson sostenía en la mano para enganchársela, con escasa destreza, en la pechera de la guerrera.

El héroe díscolo accedió, después de todo, a ser retratado con la condecoración. A fin de cuentas, aquella iba a ser la última aparición en público de la medalla, más inservible aún que su pierna lisiada, razonó el capitán para sus adentros. El fotógrafo retrocedió hasta el lugar donde había colocado la cámara Lancaster Instantograph, de caja de caoba, y pegó el ojo derecho al visor. Justo antes de darle al disparador percibió en el militar un brote de zozobra.

—¿Hay algún problema, capitán? —quiso saber Nell.

—No, nada —respondió Richardson—. Es solo que asocio los trípodes a malos recuerdos.

—Entiendo, los trípodes de las ametralladoras... —dedujo el fotógrafo, que asintió con la cabeza como si realmente comprendiera aquel síndrome de asociación de imágenes y de objetos que padecían algunos supervivientes del frente terrestre de la Gran Guerra.

—No pasa nada —recalcó Richardson—. Haga su trabajo, no me moveré de mi posición.

El final de la frase sonó a disciplina castrense, pensó el propio Richardson en cuanto la pronunció. El reportero gráfico alzó la mano izquierda para centrar la mirada del militar y con la derecha lanzó el disparo incruento.

—Permítame una más, capitán. Tenga la amabilidad de sentarse en ese banco que tiene ahí detrás.

El oficial caminó meciendo el cuerpo de derecha a izquierda hasta llegar al más cercano de los bancos de madera de olmo que bordeaban en semicírculo la plazoleta. Se sentó en un extremo del asiento, dejó a un lado el bastón y devolvió la mirada al objetivo de la cámara.

—¡Perfecto! —exclamó el fotógrafo tras presionar en el disparador. Descabalgó la cámara, plegó el trípode en un periquete y con un toque de mano en el ala de su bombín se despidió de su compañero y del oficial.

El periodista tomó asiento en el otro extremo del banco, convirtiendo en tierra de nadie el espacio que quedaba entre ambos. *Zickzik-zikrisstrrr...* El gorjeo de un escribano triguero, que había posado sus patas sobre el hombro de la estatua de Sloane, llenó el breve lapso de silencio. El viento llevó hasta ellos el perfume de unas calamintas en flor de un color blanco rosáceo que había a pocos pies de distancia. Una luz diáfana revestía a esa hora el cielo habitualmente sombrío de Londres.

—¿Sabe usted cuál fue el descubrimiento más importante que nos dejó ese hombre que está inmortalizado aquí delante? —preguntó el capitán anticipándose a las preguntas del entrevistador.

Collingwood orientó su mirada hacia la estatua de Hans Sloane y la observó casi con fervor, como si esperara que aquella figura caliza fuera a hacer mímica de un momento a otro para darle una pista sobre la respuesta.

—Tengo entendido que era médico y botánico, y que hizo varios descubrimientos —respondió el periodista buscando el aprobado raspado.

—Sí, varios descubrimientos... Pero entre ellos hay uno muy popular y muy nutritivo.

—¿Entiende usted de botánica? —preguntó Collinwood en una maniobra de evasión.

—No mucho. A lo sumo, entiendo de árboles frutales y de fruta.

—¿De fruta?

—Antes de la guerra regentaba una frutería en Nottingham. Vendía fruta, verduras, comestibles... También chocolate a la taza, una marca local que ustedes, los londinenses, seguramente no conocen.

—No soy londinense, capitán. Soy de South Hams, cerca de Exeter.

—Sloane.

—¿Perdón?

—La marca de chocolate de la que le hablo es Sloane. El personaje subido a ese pedestal inventó el chocolate con leche. Durante su estancia en Jamaica vio que los nativos consumían cacao, como alimento y también como medicina. Lo probó, era un cacao que llevaba aceites naturales. Le resultó amargo, se le ocurrió añadirle un poco de leche y ya no sabía mal. Patentó aquel brebaje, acabaron vendiéndolo como remedio para algunos males en las boticas de Londres, Mánchester y Dublín. Y de las boticas pasó a los salones de té. Y de los salones de té pasó a toda Europa.

El periodista sonrió solícitamente, pero no había solicitado aquella entrevista para documentarse sobre la receta del chocolate con leche.

—Es enriquecedor saber estas cosas, capitán, pero yo quería pedirle su testimonio sobre lo que pasó durante aquellos tres días.

Richardson había aceptado a regañadientes desempeñar, por última vez, el papel de héroe de guerra concediendo aquella entrevista con la esperanza de que se olvidaran de él hasta que la llamada de la muerte volviera a poner de actualidad su nombre con unas líneas protocolarias en el reducto de las necrológicas del periódico de su ciudad, el *Nottingham Evening Post*.

—Pregunte lo que quiera, yo le contestaré lo que crea conveniente —lo previno, con la acidez de un limón, el frutero reconvertido en militar.

—Se lo agradezco. ¿Era la primera vez que entraban en combate?

—Con los tanques Mark IV sí. Recibimos la orden de avanzar en plena noche con los blindados, siete Mark IV. Eso fue el…, déjeme pensar…, el 22 de agosto de 1917. Era un verano lluvioso en Bélgica.

—En la batalla de Passchendaele —completó la información Collingwood.

—Así la llamaron ustedes, los de la prensa, porque para nosotros fue la tercera batalla de Ypres. Teníamos la misión de avanzar hasta una granja fortificada por los prusianos y destruirla, pero el barro engulló a los otros seis blindados con los que íbamos. Era un verano muy húmedo, ya se lo he dicho.

—Y en esas circunstancias usted decidió continuar —apostilló el reportero, que se afanaba en apuntar todos los detalles en su libreta.

—Yo no decidí nada. Me ceñí a la orden que nos habían dado a los oficiales al inicio de la misión, nadie nos dijo que deberíamos detener el avance en caso de que perdiéramos al resto de los blindados. Nadie contaba tampoco con que el fango fuera nuestro mayor enemigo.

—Ya, entiendo —apostilló el periodista para darle pie a que siguiera hablando.

—Mantuvimos el rumbo hasta que nos alcanzó el fuego batido de un nido de ametralladora. Una tromba de balas tintineó por el blindaje y una de ellas se coló por la rendija de visión y le atravesó la frente al subteniente George Hill, que conducía el blindado. Perdimos el control, caímos en el cráter de un obús y nos quedamos hundidos en el lodo.

—Y ahí comenzó la parte épica de su aventura...

¿Parte épica? ¿Aventura? Donald Richardson se mordió la lengua para no responder con impertinencia al periodista, pero lo compadeció por albergar ese concepto de la épica y de la aventura que consumían con avidez sus lectores en los confortables salones donde alternaba la flor y nata de la sociedad británica.

—Ahí no comenzó ninguna parte épica ni ninguna aventura. Ahí comenzó, simple y llanamente, nuestra lucha por la supervivencia. Éramos como un paquidermo en arenas movedizas, pero tuvimos suerte, porque el lodo no acabó de enterrar nuestro blindado. ¿Sabía usted que en Ypres había días en que morían más hombres por el fango que por las balas o por los obuses? Sí, ahogados en el lodazal de los cráteres que provocaban las bombas, hundiéndose como piedras en un estanque, arrastrados al fondo por el peso de su equipo de campaña. Y allí quedaban los cadáveres, semienterrados en una fosa común de barro, porque nadie tenía ganas ni interés en ir a rescatar esos cuerpos. ¿Estaba usted al corriente de todo esto?

Una mueca de angustia reflejada en el semblante del periodista reveló que no tenía la menor idea de que en la llamada Gran Guerra se habían producido muertes como esas, nada grandiosas.

—Como usted sabrá, capitán, había censura informativa en el frente. Algunas noticias no llegaban aquí o llegaban en versiones no siempre ajustadas a la realidad —admitió Collingwood.

—Ya veo. Y supongo que Winston Churchill tampoco comenta estas cosas en sus recepciones oficiales, no vaya a ser que a sus invitados les quede mal sabor de boca mientras comen canapés y toman cócteles...

El joven se encogió de hombros para no verse forzado a verbalizar una respuesta obvia.

—Las dos ametralladoras Lewis del blindado quedaron inservibles —prosiguió Richardson con su relato—. A uno de mis hombres le volaron la cabeza en cuanto la asomó por la escotilla. Otros dos cayeron en el ataque de morteros que lanzaron los prusianos en las horas siguientes, cuando nuestro vehículo se había hundido en el barro cuatro o cinco pulgadas más y ya no podían alcanzarnos con fuego horizontal. Del resto me parece que está usted al corriente, con censura o sin ella.

—¿A qué se refiere concretamente?

—A los tres días que pasamos encerrados en el tanque con temperaturas de más de treinta grados, sin comida, bebiendo agua del radiador, con uno de los artilleros desangrándose por las heridas y con la amenaza de que desde nuestras posiciones iban a empezar a atacarnos de un momento a otro.

—¿Desde nuestras posiciones? —preguntó Collingwood con incredulidad.

—El mariscal de campo Douglas Haig había dado órdenes a nuestra artillería de que hiciera todo lo posible para evitar que algún blindado cayera en poder del enemigo. El alto mando no quería que uno de esos Mark IV terminara expuesto en la plaza Potsdamer de Berlín como trofeo de guerra, como aparato de propaganda... Escriba también eso, escriba que aquel mastodonte atascado en el barro y que ya no funcionaba era más importante que las cinco vidas humanas que todavía resistíamos en su interior.

El cronista de *The British Stronghold* le respondió con una mirada lastimera que evidenciaba que esa queja no iba a aparecer impresa.

—Pero usted salvó a la mitad de la tripulación de su blindado —dijo Collingwood en un intento de rebajar el dramatismo.

—¿Salvé a la mitad o perdí a la mitad? En la aritmética de la guerra pesan más las restas que las sumas.

—¿Cómo lograron regresar a sus líneas, capitán? —preguntó el periodista sin apartar la vista de su cuaderno de anotaciones.

—Disponíamos solamente de unas pistolas semiautomáticas para defendernos. Si seguíamos enlatados en el blindado teníamos las horas contadas. A la tercera noche aprovechamos la oscuridad de la luna nueva para abandonar el vehículo. Los prusianos oyeron ruidos, dispararon a ciegas y una bala me perforó la pierna. El cabo Williams me hizo un torniquete y los dos chapoteamos entre el lodo hasta pisar tierra firme. Desde allí los cuatro nos arrastramos como pudimos hasta las posiciones británicas y australianas.

—¿Llegaron los cuatro?

—Sí. Y he de añadir que dos de mis hombres volvieron cargando al hombro con las dos ametralladoras inservibles, para que nadie nos pidiera cuentas por abandonar armamento británico en territorio enemigo.

El periodista calló, en parte porque todavía estaba anotando esa frase que no se iba a publicar y en parte porque estaba tratando de determinar si debía poner fin a la entrevista justo ahí, con los hechos sustanciales ya contados. El triguero de plumaje terroso y blanquecino ya había abandonado el hombro del impasible Sloane de mármol.

La tarde declinaba y soplaba una brisa que llevaba reminiscencias fluviales del cercano río Támesis.

—Señor Richardson, creo que con esto es suficiente para mi reportaje —señaló el entrevistador.

Richardson se percató de que el periodista acababa de cambiarle el tratamiento. Era la vez primera que lo llamaba señor en lugar de capitán. Tal vez porque después de la entrevista lo veía como un personaje más mundano. O porque consideraba que sus comentarios improcedentes sobre la guerra no lo hacían merecedor del trato verbal de capitán. Richardson no se atrevió a preguntarle el porqué. O le daba igual lo que pensara aquel hombre que loaba el belicismo sin haber pisado un frente de batalla.

—Collingwood, ¿conoce usted Flandes? —le preguntó el capitán.

—No, nunca he visitado el continente —respondió el periodista.

—Flandes fue una región hermosa en otro tiempo, cuando las amapolas no crecían sobre las tumbas de los soldados, cuando era una tierra fértil y sana que no albergaba esqueletos ajenos. No está bien que miles de cruces invadan los campos de amapolas, ¿verdad?

Edward Collingwood miró al capitán tratando de determinar qué debía responder a eso.

—Supongo que es el signo de los tiempos —comentó el periodista—. Pero no, no es ese un destino natural para los campos de amapolas.

—Hay una leyenda, no sé de dónde procede, que dice que las flores son estrellas que cambiaron el firmamento por el suelo.

—No la conocía, señor Richardson —comentó el reportero reincidiendo en el tratamiento civil.

—A mí me encantan las flores. Pienso que son los seres vivos más completos en sus formas, en sus funciones, en sus colores, en sus olores, en el modo en el que se relacionan con los demás seres vivos…

—¿Por eso frecuenta usted el Jardín Botánico?

—Por eso y por otras cosas. Vengo aquí todas las tardes.

—¿Dejó muchos amigos allí? Me refiero a las tumbas de Flandes.

—¿Y quién no? ¿Quién no? —preguntó y repitió, como si entonara el estribillo de una balada muy triste.

El periodista y el militar se despidieron con un apretón de manos. Collingwood encaminó sus pasos hacia la salida de Royal Hospital Road y Richardson se quedó sentado en el banco, con la mirada fija en un mato de plantas medicinales, las miraba como si buscara en ellas la panacea para su dolor físico y mental.

El guarda del Jardín Botánico de Chelsea, un hombre mayor de andares desganados, salió de la casona victoriana empuñando un racimo de llaves y se dirigió hacia el banco que ocupaba el militar.

—Capitán, tengo que cerrar el recinto en un cuarto de hora, ya conoce el horario —le recordó.

Richardson asintió, agarró el bastón de madera de haya con empuñadura de nácar, se levantó y echó a caminar en dirección a la hilera de sauces llorones. Después tomó la senda que se perdía entre los árboles. Dejó atrás las espineras y los castaños, los tejos y los robles turcos. Cuando ya le fallaba el sentido de la orientación, usó el bastón casi como vara de zahorí para dar con el regato que regaba el minúsculo jardín secreto. Observó con satisfacción los cuatro delicados ejemplares de amapola triste, *Papaver hybridum*, y el tulipán de Flandes que él mismo había plantado allí. Puso boca abajo su bastón y escarbó con él en la tierra. Desenganchó la Cruz Victoria de la pechera de la guerrera, la arrojó al suelo y la enterró.

Metió la mano en uno de los bolsillos del uniforme para extraer un puñado de semillas de amapola que esparció sobre la tierra con esmero. Aquella cruz, en su tumba desconocida, no iba a disputarle la belleza a las amapolas, pensó. Y recitó en voz baja los versos finales del poema que el teniente coronel médico canadiense John McCrae había escrito poco antes de perder la vida en el frente:

Si faltas a tu fe en nosotros, los que morimos,
no descansaremos, aunque crezcan las amapolas
en los campos de Flandes.

MAR DE IRLANDA

Diles que está seguro el triunfo y la gloria,
y que ya España canta la victoria.
MIGUEL DE CERVANTES
«Canción sobre la Armada Invencible»

El sonido mortuorio de un cuerpo hundiéndose en las aguas alertó a los dos calafates que estaban untando con cáñamo, sebo y brea las juntas del castillo de proa del Santa Lucía de Siracusa. Uno de ellos, el menos escaso de fuerzas o el más sobrado de curiosidad, dejó caer de sus manos el martillo y el hierro como si quemasen, alcanzó la borda en dos zancadas y asomó la cabeza a la vertical del mascarón para ver si llegaba a tiempo de identificar al muerto que alguien había lanzado desde algún lugar de la cubierta sin funeral ni responso. Miró en todas las direcciones, pero el Atlántico, que aún no estaba saciado de carne humana ibérica, había engullido con ansia el cadáver antes de que el carpintero pudiera ponerle rostro al difunto.

—¡Que Dios acoja en su seno al artillero Manuel de Mendoza! —acabó con la intriga el contramaestre Jonás

Laínez al pronunciar desde el alcázar el nombre del fallecido.

—Y que el diablo premie al rey Felipe del buen cantar por este exterminio al que nos ha conducido —murmuró uno de los calafates—. Es el séptimo hombre que nos roba la dama de la guadaña esta semana. ¿Qué fin ha tenido esta Grande y Felicísima Armada?

—El fin de cebar a los peces de los tres mares ingleses con los cadáveres de un sinfín de católicos —contestó su compadre.

Laínez *el Malagueño* vio al jovencísimo marino Tomás Balbín recogiendo soga al pie del alcázar.

—Balbín, alza la vista al cielo —le dijo, a media voz.

—¿Qué debo mirar en el cielo, contramaestre?

—Poco falta para el mediodía, muchacho. Observa el sol sobre el trinquete. ¿Sabes por ventura qué significa?

—Significa que hemos virado el rumbo —afirmó Tomás Balbín con seguridad—. Rumbo sur-suroeste es el que ahora llevamos, con viento en popa.

—Eso es. A no tardar estaremos navegando con el sol de poniente a estribor. Pero recemos para que ese sol no nos falte, recemos para que no se nublen más de lo debido estos traicioneros cielos anglicanos. Si eso ocurriera, que Dios nos la depare buena.

Balbín dedujo, por esa invocación, que el vendaval y el aguacero eran las únicas amenazas que podían amedrentar al bravo Laínez en aquellas latitudes por fuerza septentrionales en las que estaban navegando. Eso y, por descontado, las espadas y las lanzas británicas, que acechaban en tierra esperando que el mar y los vientos les sirvieran en bandeja las víctimas papistas para el sacrificio y la venganza.

—Barco con tormenta en cualquier puerto entra —aseguró Balbín, que creía que ese refrán podría servir de salvoconducto si el tiempo empeoraba en demasía.

—No, zagal, las cañas vuélvense lanzas contra nosotros en esas tierras que hay un poco más allá del horizonte. Quítatelo de la mollera, no hay muelle, dársena o fondeadero seguro en esos dominios a los que nos dirigíamos como invasores y en los que como invasores vamos a ser tratados si osamos desembarcar en ellos. Acabaríamos colgando de un gancho para alimentar a los grajos y los cuervos si pisáramos tierra.

El contramaestre advirtió en el rostro del muchacho la desazón provocada por sus palabras inclementes, de modo que abrió la boca, enseñando los pocos dientes que le quedaban, para brindarle una sonrisa tranquilizadora. Ya estaban doblando la costa norte de Escocia. Debían seguir hacia el sur y rodear los espigados acantilados de Irlanda antes de poner proa al Cantábrico.

—¿Cuándo fue que viramos el rumbo, contramaestre? —preguntó Balbín.

—En la noche, mancebo. Mientras vosotros dormíais como querubines.

Al joven marino le inquietó esa revelación. Un cambio de rumbo en noche de luna nueva, navegando entre escollos e islas, en aguas enemigas, peligrosas, desconocidas...

—No caigas en el espanto —salió al paso de sus pensamientos el contramaestre como si leyese su mente—. Nuestro galeón está consagrado a santa Lucía de Siracusa, patrona de los ciegos. Y, en las aguas que cubren el abismo del océano, la luz y las tinieblas terminan siendo una sola cosa, muchacho labrador de tierras verdes. Forman parte del mismo enredo que reúne mares y cielos, olas y nubes, corrientes y vientos… Esta noche pasada navegamos guiándonos por el reflejo de los bancos de peces, ellos bien saben cuál es la ruta que hay que seguir para no encallar. Una astucia de este viejo lobo de mar.

Jonás Laínez remató sus palabras salpicando el aire con la saliva, espolvoreada como serrín, que escapó de su sonrisa de serrucho, mientras la brisa alborotaba su melena, del color del acero. Tomás Balbín lo contempló maravillado, llegó a pensar que tenía ante él a un navegante invencible.

—Has de seguir mirando a proa con toda tu fe, acaso algún día divisarás las costas de las Asturias de Oviedo por las que tanto suspiras —lo alentó el oficial andaluz.

—¿Decís que vamos a tocar puerto en mi tierra? —preguntó el muchacho inaugurando la fe que le reclamaba Laínez.

—Quia, gañán, nuestro destino es el puerto de Santander. Si la divina Providencia nos concede la gracia, porque no es empresa liviana. El capitán tiene las tripas en un puño y ya malavez nos quedan hombres para gobernar el barco.

La llegada del cocinero, al que llamaban *Escudilla,* hizo que el contramaestre interrumpiera el relato de esas cuitas. El hombre traía en sus brazos un enorme pedazo de tocino infestado de gusanos.

—Mirad en qué estado se halla, comiéronlo los bichos —informó el encargado de alimentar a la marinería—. Solo pudimos salvar un quintal de tocino.

—Los gusanos son los únicos que no pasan hambre en este barco, venturosos ellos. ¿Y cuáles son las buenas nuevas que te traen a mi presencia, Escudilla? ¿O además de un aguasopas eres un aguafiestas? —lo desafió Laínez con el tono acusador de un fiscal de la Inquisición.

—Qué más quisiera yo que poder presentarme ante vuesa merced con buenas nuevas, pero ninguna hay. En la despensa de nuestro navío ya solo viajan la calamidad y el infortunio, y esas no dan de comer. Terminóse la sardina en salazón, queda un celemín escaso de garbanzos y medio costal de arroz. Tendremos que reducir también las raciones de bizcocho a una onza, y las de agua a un tercio de azumbre por barba.

—Es menester que en esta expedición con menos honor que deshonor haya también buenas nuevas. Como sigamos perdiendo hombres, pronto habrá más alimento que bocas que alimentar. Y menos tarea tendrás tú, bergante. Y más satisfecha tendremos la panza los que sigamos embarcados en este entuerto, navegando en el infierno de los vivos o sobrenadando en el limbo de los condenados.

El discurso tétrico del contramaestre dejó sin palabras al cocinero, acongojado ante el porvenir nada halagüeño del Santa Lucía, en el que el capitán y otros marineros agonizaban por el tifus, el escorbuto u otros padecimientos mientras el hombre al mando del galeón parecía estar perdiendo la razón.

—Y ahora vuelve con tus pucheros, date a la faena y torna aquí cuando el sol esté en su trono dorado del mediodía para darnos de comer como es debido —le ordenó Laínez—. ¡O seré yo el que alimente a los boquerones y a los marrajos con tu cuerpo, villano socairero, arrogante marmitón, marinero de agua dulce! ¡Malandrín, zascandil, zurumbático, bausán, badulaque!

La voz de Laínez retumbó con esa andanada de afrentas y ofensas descargadas sobre el indefenso Escudilla, que puso pies en polvorosa como alma que lleva el diablo. El contramaestre recobró la serenidad por ensalmo y honró la huida del sufrido guisandero con una reverencia propia de un cómico de corral de comedias que saluda gentilmente al público al final de un entremés. Ciñó el cincho y el calzón bombacho bajo el camisón y condujo su mirada hacia el tablón en el que se hallaban el astrolabio y la brújula, el compás de puntas y la carta de navegación. Los observó embrujado por los treinta y dos rombos de la carta, azules como las venas y rojos como la sangre, con la flor de lis simbolizando el norte, el punto cardinal del que estaban alejándose. Se rascó la rizada barba con ahínco, clavando las uñas como si quisiera desterrar de ella a una colonia de chinches o de piojos. Volvió a mirar al sol para intentar calibrar la duración de aquel lábil anticiclón y llevó su mano diestra a la cintura para sacar su daga toledana con empuñadura verdosa de jade.

—Sube, ponte a mi vera, que he de encomendarte una misión primordial —le susurró al barbilampiño Balbín con el volumen de voz de un clérigo en el confesionario.

—Aquí me tenéis —dijo el mancebo tras acudir raudo y veloz a su encuentro.

—Debes cincelar una palabra en este tablón.

—Contramaestre, yo no soy hombre de pluma. Ya sabe vuesa merced que ni leer ni escribir sé.

—No te azores. Hago yo el trazo de las letras, tú solo has de esculpirlas fielmente en la madera.

Laínez mojó la pica de la pluma en el tintero y, con caligrafía desarreglada, escribió nueve letras en una cuartilla. Esperó a que el viento del nordeste secara la tinta y entregó el papel y la daga al bisoño marino.

—Toma, rapaz, pon atención para que hagan buenas migas la pluma y el arma. Debes grabarlo en letras grandes, ha de ocupar todo el tablero.

—¿Y qué es lo que dice ahí, contramaestre?

—¡Santander, huevón, qué otra cosa podría decir! —volvió a avinagrarse repentinamente su verbo—. Ahí dice Santander, para que los cuatro vientos puedan leer desde los cielos nuestro puerto de destino y nos encaminen a él con sus parabienes y con su poderoso aliento.

El mozo de labranza, con la daga empuñada en la mano y con la sorpresa estampada en los ojos ante tal encargo, se preguntaba qué arte diabólico otorgaba a los vientos, por ciencia infusa, la facultad de leer, que a él se le negaba. El malagueño cogió los instrumentos que había sobre el tablón y se marchó con ellos y con una sonrisa angelical hacia la toldilla meciendo el cuerpo al compás de la marea y de la cojera que le había dejado dieciséis años atrás un disparo de arcabuz sarraceno en la batalla de Lepanto.

Tomás Balbín cumplió con primor aquella singular labor, tras lo cual clavó la daga en una esquina del tablón de una puñalada firme, descendió del alcázar y terminó de enrollar la soga con la que andaba atareado con anterioridad. La dejó a los pies del palo mayor y encaramó la mirada en la vela gavia. Sintió la apetencia de trepar hasta la cofa para examinar el océano desde los cuatro puntos cardinales, y si no lo hizo fue porque el hambre lo había debilitado y porque el contramaestre vigilaba como un halcón desde la toldilla, donde estaba dándole instrucciones al maestre de jarcia sin perder detalle de lo que sucedía en cubierta a lo largo y ancho de los cuarenta y tres metros de eslora y de los diez metros de manga del galeón. Aunque más que de Jonás Laínez, Balbín tenía miedo de lo que a buena cuenta vería desde lo alto del palo si subía: un mar desierto, sin velas a la vista, sin indicios del San

Cristóbal, primer navío de escuadra. Sin señal alguna del San Pedro, del San Felipe y Santiago, del Santa Ana, del Nuestra Señora del Socorro ni de ningún otro de los quince buques que había llegado a alinear en el mar de batalla la escuadra castellana. Sin el menor rastro del resto de la desmedida flota formada por once docenas de navíos con dos millares de cañones y treinta mil infantes y marinos, galeotes y caballeros de fortuna de los que dieron recuento, entre Lisboa y A Coruña, los intendentes reales, según había escuchado Balbín en boca de uno de aquellos escribanos cuando subió a bordo del Santa Lucía de Siracusa para hacer inventario, como en las demás embarcaciones, de la munición, el armamento y los suministros con los que partían a la conquista de Inglaterra.

Abandonó Balbín ese recuerdo cuando vio reaparecer al cocinero, que volvía acompañado por el maestre de víveres para empezar a distribuir entre la marinería el exiguo rancho del mediodía.

—¿Qué sabéis del capitán? ¿Mejora su salud? ¿Ha probado bocado? —les preguntó cuando los tuvo cerca.

—Ni una mísera cucharada quiso tragar el infeliz. Tengo para mí que el capitán está dando las boqueadas, temo que a no tardar entregará su alma al Altísimo —conjeturó Escudilla santiguándose.

Atinó el cocinero en su luctuoso pronóstico. No pasaron dos días completos antes de que el capitán diera su último aliento, incumpliendo así en primera persona la promesa de regresar todos a España sanos y salvos que le había hecho a la tripulación después de que el galeón superara la batalla de Gravelinas sin sufrir ni un rasguño en el casco, con muy poco estropicio en su guarnición y en sus aparejos y cobrándose además como presa una fragata de las provincias del norte de los Países Bajos, aliadas de Inglaterra, a la que devastó el fuego de los dieciocho cañones del Santa Lucía de Siracusa. «Hemos perdido la batalla, pero ganaremos el derecho al regreso», aseveró entonces el capitán para infundir optimismo a sus hombres.

El cadáver del capitán fue arrojado por estribor, hacia aguas abiertas, pero la marea se lo llevó con rumbo sur.

—Nuestro gran capitán va al encuentro del mar de Irlanda —observó Jonás Laínez—. No es mal destino cuando ya no se tienen cuentas pendientes con el mundo de los vivos.

—¿Conocéis ese mar, contramaestre? —preguntó Balbín, que a esas alturas de la atribulada travesía era ya el hombre de confidencias y de confianza de Laínez *el Malagueño*.

—Conózcolo, tan cierto como que hay Dios. Estando yo embarcado en La Magdalena embocamos ese mar desde el sur, perseguíamos al corsario Francis Drake. Él capitaneaba un galeón de tres palos llamado Pelican en la lengua de los ingleses. Era un navío más velero y guerrero que el nuestro, pero eso no apocó nuestro ánimo. Íbamos siguiendo su estela desde el puerto caribeño de Nombre de Dios, en el reino de Tierra Firme, donde él y un capitán pirata francés habían saqueado un cargamento de oro y plata de la Flota de Indias.

—¿Y qué sucedió? ¿Llegasteis a ver en carne y hueso a Drake?

—¡Cómo no! Fue cerca de la Isla Tercera de las Azores, en un día de mar plana y viento muerto. Los dos galeones recibimos la alborada navegando a tiro de piedra el uno del otro. Cruzáronse nuestros catalejos y vi su sonrisa luciferina con tanta claridad como te veo a ti en este instante, zagal. La Magdalena había ganado la posición de disparo, teníamos al alcance su quilla, pero entonces Satanás exhaló sobre nosotros su pegajoso aliento de niebla y el barco del corsario huyó amparado por la bruma y por las malas artes del demonio. Drake corrió a esconderse en las enaguas de la reina Isabel aguas al norte, porque aunque es valeroso no quería someter a riesgo alguno el preciado botín que transportaba en sus bodegas.

—¿Y cómo era el corsario? —siguió preguntando Balbín, entusiasmado por esa narración fantasiosa.

—¿Cómo iba a ser? Cuerpo y alma gemelos del diablo, uno podría pasar por el otro si vistieran el mismo atuendo —mintió con desparpajo Laínez.

—Decidme, ¿es valeroso Drake? —continuó Balbín.

—Mentecato, estoy diciéndote que es como Lucifer, y ningún testimonio, hablado o escrito, sagrado o humano, afirma que Lucifer sea cobarde. Valeroso ha de ser quien desafía la voluntad de Nuestro Señor a sabiendas de que nunca podrá derrotarlo, por su infinito poder.

El mozo de labranza reconvertido en hombre de mar dio por bueno ese inverosímil relato del contramaestre, que no pretendía otra cosa que hacerle más llevaderas las horas de navegación zozobrosa. Un golpe de viento recompensó el olfato de Balbín con un olor a estiércol y a hierba recién cortada que le recordó a su aldea costera asturiana. Su mirada se renovó al atisbar a lo lejos el intenso color vegetal de la primera campa de Irlanda. Imaginó que, aunque fueran súbditos de otro reino y aunque hablasen otra lengua, allí habría también mozos de labranza como él, y hermanas y hermanos, madres y padres aguardando que con la caída de la tarde esos jóvenes labriegos, con la faena ya hecha, regresaran al hogar para el reencuentro y el descanso, en eso que sin duda es el mejor momento del día. Corría el mes de octubre, era época de airear y abonar la tierra, de limpiar el matorral, de recolectar los frutos de otoño y de comenzar a almacenar leña para poder calentar el lar durante los meses desapacibles del invierno.

—¿Cómo es este mar de Irlanda, contramaestre? —retomó las preguntas el preguntón Balbín.

—Poco vimos de él. Al escabullirse el Pelican, La Magdalena viró en redondo para poner proa al puerto de Bermeo, Cabeza de Vizcaya. Figúrome que ha de ser hermoso, de principio a fin, un mar de azul zafiro que se abre paso entre tierras de verde esmeralda. Bien lo sabes tú, que eres de una tierra revestida también ella con ese color de piedra preciosa.

Un cormorán dio un par de vueltas alrededor de la vela de sobremesa y fue perdiendo altura hasta posar sus patas palmeadas y membranosas sobre un cañón de la segunda batería de babor, que apuntaba sin querer hacia la inerme costa de Irlanda. Balbín contempló durante unos instantes el cuerpo del ave, que se columpiaba con el vaivén del barco sobre la pieza de bronce y que se mimetizaba con ella por el color de su plumaje. El mozo alargó de nuevo la mirada suspirando por reconocer en la tierra irlandesa un paisaje familiar.

—Contramaestre, si yo muriera en estos días quiero que echen mi cuerpo al agua por babor —dijo improvisando su última voluntad—. Esas costas de Irlanda huelen casi como mi tierra.

—Calla, insensato, no invoques a la muerte —lo amonestó Laínez con más afecto que enfado—. Tú no vas a acabar tus días en este barco, eso es tan cierto como que hay estrellas en el cielo.

Al asturiano le impresionó la rotundidad de esa profecía del andaluz.

—¿Cómo podemos saberlo? —objetó Balbín.

—Ni tú ni yo dejaremos la vida a bordo del Santa Lucía —aseguró el clarividente Laínez—. Bautizáronme con el nombre de Jonás y, si por alguna causa naufragamos, emergerá de las aguas una ballena para acogerme en su vientre salvador. Y yo negociaré con ella para rescatarte también a ti.

Balbín sonrió, divertido por esa agudeza. Un rayo de alegría traspasó sus ojos de color avellana antes de que volviera a su tarea sin quitar ni poner palabra.

Pero poca tregua tuvieron después de aquello. El tifus y el escorbuto siguieron tributando a la mar cuerpos humanos sin vida en las jornadas siguientes. Las cosas empeoraron aún más, para los pocos vivos que quedaban ya bajo el velamen del Santa Lucía de Siracusa, a medida que los cielos iban urdiendo una hosca borrasca. Cambió el tiempo, roló el viento y manaron de las nubes los primeros goterones de lluvia, grandes como lágrimas de cetáceo. La mar se fue encrespando y dio paso a la violencia de la tempestad. Un tumulto de olas que manoteaban como aspas de molino comenzó a abofetear el casco del galeón, que empezó a bandear. Una sucesión de relámpagos y truenos anunció, pasada la medianoche, que se avecinaban horas dramáticas. Los primeros golpes de mar se llevaron consigo a varios marineros, y ya no quedaron manos suficientes en el navío para hacer frente a la furia de los elementos.

Pedro Laínez y su cojera corrieron como pudieron hacia el timón para ayudar a regir el barco cuando los vientos lo empujaban irremediablemente hacia el este, contra los acantilados y las rocas de la bahía de Donegal. Esta vez el contramaestre no tuvo ánimo ni energía para vocear bendición o maldición alguna. Y ese silencio del navegante invencible, cuando más rugían los cielos, le pareció el peor de los augurios a Balbín, que lo observaba a unos metros de distancia, desde donde estaba aferrado con los dos brazos a la base del palo de mesana para resistir la acometida del oleaje.

—¡Contramaestre! —gritó el muchacho.

—¡Amárrate al palo, mancebo! —le respondió Laínez.

Balbín siguió aferrado al mástil con una mano mientras con la otra alcanzaba un cabo de soga para atarse al palo de mesana. Una amalgama de agua dulce de lluvia y de agua salada de mar le nubló la vista temporalmente. Cuando pudo abrir los ojos fue consciente de que el Santa Lucía ya estaba perdiendo su última batalla contra el océano. Las quinientas toneladas del galeón se inclinaron y favorecieron que la fuerte marejada se apoderara del barco. Una roca rompió las primeras costillas del navío, que crujieron con un sonido de madera vencida.

Balbín templó sus nervios y consiguió deshacer el nudo que lo amarraba a un naufragio inminente. Miró atrás, pero no vio al contramaestre Laínez ni al timonel Guzmán. Un nuevo tirón de mar empujó un poco más el barco hacia la costa rocosa y un estallido alertó de que un escollo mordía la quilla y condenaba a muerte al Santa Lucía. El muchacho asomó por la borda su mirada de color avellana, contempló la oscuridad sin color de las aguas y saltó. Dio unas brazadas antes de toparse con el tablón que el oleaje lanzó providencialmente contra su pecho. No supo si fue el frío o el impacto lo que le cortó la respiración durante unos segundos, pero en cualquier caso se las arregló para poner los antebrazos sobre la madera y alejarse del barco.

Tuvo suerte con las corrientes, aunque le llevó tiempo alcanzar la orilla. Con las luces del amanecer distinguió una playa de arena desvaída, nadó hacia ella sobreponiéndose a la hipotermia y al agotamiento. Cuando ya podía hacer pie, intentó asentar las piernas en el fondo, pero la debilidad le dobló las rodillas y tuvo que apoyar nuevamente las manos en la madera. Al salir del agua reconoció, en aquel tablero salvador, nueve letras grabadas que no sabía leer pero que él mismo había labrado con la daga toledana del contramaestre. Renegó con ira de los cuatro vientos, que no leyeron o que no quisieron atender la petición de auxilio de aquel barco que solo pretendía volver al Cantábrico.

Echó la vista atrás. Vio toneles, madera flotante y cadáveres bailando sobre las aguas la danza serena de los difuntos. Siguió mirando con toda su fe, anhelaba descubrir, en algún lugar del horizonte, el surtidor de agua o el lomo de un cetáceo que le ayudara a creer que Jonás Laínez *el Malagueño* había salvado la vida refugiándose en el vientre de una ballena generosa y bienhechora.

Una baraúnda de voces en un idioma que no entendía hizo que devolviera la atención a la tierra. Vio caminar hacia él, desde una punta de la playa de arena pálida, a un puñado de hombres que blandían hoces, guadañas, piedras y azadas. También ellos eran labradores, dedujo Balbín. Tenía que hacerse entender, tenía que hacerles entender de algún modo, con palabras o con señas, con sonidos o con una simple mirada, que él no era más que un mozo de labranza que un día aciago se hizo a la mar abandonando su tierra y a sus seres queridos, engatusado por el reclamo de Felipe II, el rey del que era súbdito.

Estaba a punto de desfallecer, siguió postrado en la arena resollando como un delfín varado. Dos de los hombres rompieron el grupo y echaron a correr con sus aperos de labranza hacia el solitario náufrago. Antes de que llegasen hasta él, Tomás Balbín abrazó el tablón que invocaba el puerto de Santander. Irguió la cabeza tratando de ubicar el sur. Fijó la mirada en ese punto cardinal como si a lo lejos estuviera divisando las playas y los montes, los prados y los balagares de su tierra asturiana. En sus labios, sedados por el sabor penetrante del salitre, asomó una última sonrisa mientras caía sobre su nuca un golpe de azada para arrancar de cuajo su vida como si fuera una mala hierba en las tierras de Irlanda.

EL CAMINO ROJO

Hubo un tiempo en el que nuestro territorio era grande y el vuestro era pequeño. Ahora sois un pueblo grande y nosotros apenas disponemos de espacio para extender nuestras alfombras. Ya tenéis nuestro territorio, pero no os basta.

SAGOYEWATHA *CASACA ROJA* (jefe de la tribu seneca)

El Lincoln Continental y el Chevrolet Styleline surcaban la llanura dejando un rastro de polvo que iba masticando el motorista que cerraba el cortejo oficial. Los cuatro vehículos cruzaron el confín invisible de la reserva india cuando las penúltimas luces de la tarde teñían de color cobrizo la pradera. Los motores de los coches y de las motos, bufando como bisontes encabritados, despertaron la atención de un corrillo de niñas y niños que estaban jugando con los perros en los aledaños de la aldea. Uno de los canes echó a correr hacia la comitiva de vehículos. El segundo de los motoristas ya había descabalgado de su Harley-Davidson Hydra-Glide cuando vio que el animal se dirigía hacia él en una carrera desenfrenada. Esperó a tenerlo a tiro y pateó con la bota derecha el hocico del perro, que salió propulsado como una pelota de béisbol al recibir aquella brutal patada. Uno de los niños indios emitió un extraño quejido, más animal que humano, como si el espíritu del perro se apoderara de la voz del crío por unos segundos para despedirse de la vida.

El primer policía recostó sobre el caballete su motocicleta y miró con cara de pocos amigos a su compañero.

—Llevo una hora tragándome todo el polvo del camino. No estoy de humor para negociar con un perro indio —trató de justificarse el bateador de animales.

—Eres un cafre —le echó en cara su compañero.

Antes de que la cosa fuera a más entre ellos se abrieron las puertas delanteras del Lincoln y del Chevrolet. Un hombre de rasgos eslavos, con uniforme de gala y galones de teniente del Cuerpo de Marines, bajó por la puerta del copiloto del Lincoln con un maletín en una mano y dio un paso largo para abrir la puerta trasera, por la que descendieron el subsecretario de Defensa, Ashton McElroy, y el comisionado federal de Asuntos Indios, Dillon Myer.

McElroy se abrochó la americana y centró la vista con prevención en la aldea siux que se divisaba a unos cientos de metros de distancia.

—¿Por qué diablos nos hemos bajado aquí? —preguntó.

—Es mejor que no entremos en el poblado con los coches —contestó Myer—. Podrían considerarlo un gesto invasivo.

—¿Un gesto invasivo? Ya invadimos estas tierras hace un siglo, afortunadamente.

—Un gesto ofensivo, quería decir —rectificó Myer—. Nos vendrá bien estirar las piernas, Ashton, no seas quisquilloso.

—¿Tú sabes cuánto me han costado los zapatos que llevo? Voy a ponerlos perdidos con este polvo. Espero que tengan servicio de limpiabotas en ese poblado.

Ambos echaron a andar con ritmo parsimonioso en dirección a la aldea de los lakota, flanqueados por el teniente de rasgos eslavos y por el fotógrafo de la revista militar, un recluta taciturno de pocos años y de pocas palabras. El oficial de Marines, Paul Landowski, observó que los dos motoristas seguían sus pasos y le hizo una recomendación a Ashton McElroy:

—Señor, hay policía india en el poblado, están informados de nuestra llegada. Sería conveniente que no entraran agentes blancos.

—¿Agentes blancos? ¿Y usted qué es, amarillo? —preguntó el subsecretario de Defensa con retintín—. ¿Considera sensato que un subsecretario del Gobierno de los Estados Unidos se adentre en un poblado indio sin más protección que la de un teniente de Marines de origen ruso y un fotógrafo del periódico *Barras y Estrellas* al que aún no le crece la barba?

—Señor, con el debido respeto, mi apellido no es ruso, sino polaco —puntualizó el teniente McElroy ante el comentario corrosivo—. En realidad, nací en Saint Paul, Minesota, y ni siquiera conozco Polonia, señor.

McElroy le lanzó una mirada que denotaba hastío e indiferencia a partes iguales.

—Que vengan con nosotros los motoristas, no hay problema —atajó la polémica Dillon Myer, que temía que acabara derivando en un intempestivo debate sobre geografía racial.

Los dos políticos, los dos militares y los dos policías continuaron en dirección al poblado dejando atrás los dos coches y a los dos chóferes. Destacaban en el paraje apenas humanizado las siluetas claras de unos pocos tipis y de unas cuantas construcciones de adobe y planta baja. Los seis hombres caminaban con la luz rasante de la puesta del sol a sus espaldas, sus sombras se alargaban exageradamente por delante de ellos como si ansiaran llegar a la aldea con varios metros de ventaja sobre sus cuerpos.

La entrada en el poblado de aquel sexteto de hombres blancos, uniformados unos y trajeados otros, no suscitó excesiva curiosidad entre los nativos, que a esa hora estaban cocinando, transportando leña y reuniendo el ganado de poca alzada dispersado por la llanura. Flotaba en el aire una fragancia de madera humeante procedente de las fogatas y un aroma de guiso de tubérculo con hierbas que le conferían un ambiente en cierto modo hogareño a aquel terruño inhóspito e infértil. Landowski, habituado a las carencias y privaciones del frente, fue posiblemente el único de los seis al que le resultó acogedor el poblado.

Dos veteranos policías indios con chaquetas polvorientas, mocasines gastados y sombreros de paño salieron al encuentro de la comitiva para acompañarla hasta una de las casas de adobe, en el meollo de la aldea. Al llegar a la entrada de la infravivienda, uno de los agentes siux apartó la manta de colores abigarrados que tapaba el hueco destinado a la puerta, lanzó una voz para informar de su presencia y acudieron dos mujeres. La mujer de pelo blanco, que caminaba encorvada, iba engalanada con un chaleco marrón con flecos y un bordado con huesos de ave y púas de puercoespín. Apoyaba su mano en el brazo de la joven, con melena negra, larga y lisa como la crin de un caballo cimarrón.

—Son la hermana y la abuela. El soldado no tenía más familiares cercanos —informó Dillon a Myer *sotto voce*.

—Ella es Mapiya —dijo la joven, que citó el nombre de su abuela y mantuvo el suyo en el anonimato—. Significa «Celestial».

—Encantado —las saludó el subsecretario de Defensa quitándose el sombrero de ala corta—. ¿Cómo están?

—*Lila tanyan waun. Le anpetu waste* —respondió la anciana con un hilo de voz.

Ashton McElroy, perdido como un náufrago, quedó a la espera de que alguien le rescatara de aquel aislamiento comunicativo.

—Bien. ¿Y ustedes? Hoy es un buen día —tradujo la nieta de la mujer.

—Perfectamente —dijo el subsecretario de Defensa, que buscó de inmediato con la mirada al teniente.

Landowski respondió a ese gesto sacando una cajita del maletín. Se la entregó a Ashton McElroy, este abrió la tapa para ofrecerle el contenido a la anciana y dijo:

—Es para mí un honor entregarles la Cruz de la Armada de los Estados Unidos de América como reconocimiento a la abnegación y al heroísmo, más allá del deber, de Tanta...

—Tantaka Sapa —hizo de apuntador el teniente.

—De Tantaka Sapa, cabo primero del Quinto Regimiento de Infantería del Cuerpo de Marines, que entregó la vida en combate, con generosidad y con coraje, en la batalla del embalse de Changjin, al sur del paralelo 38 de la península de Corea.

El fotógrafo imberbe de *Barras y Estrellas* ya estaba apuntando con el objetivo de la cámara al político y a la mujer, dispuesto a fotografiar la entrega, pero el brazo del subsecretario de Defensa quedó suspendido en el aire sin que ninguna mano acudiera a su encuentro para coger el cajetín con la medalla. La anciana observó con desdén ese objeto, de valor insignificante y sin ninguna valía para ella, y ni siquiera quiso que la nieta trasladara a su lengua la breve alocución de McElroy. Un velo de silencio envolvió a los visitantes, tan solo se oía el chisporroteo ritual de la madera seca combustionando en la hoguera más cercana. Fue la nieta de la anciana la que acabó con el compás de espera al coger el cajetín con actitud flemática mientras el fotógrafo abría fuego con la cámara.

A continuación, el teniente Landowski sacó del maletín de los trofeos marciales una bandera estadounidense plegada en forma de triángulo equilátero y, con actitud solemne, se la entregó al comisionado de Asuntos Indios.

—Queremos ofrecerles también la bandera de nuestra nación —proclamó Myer con voz pomposa—, la enseña por la que luchó y por la que murió el cabo primero nativo americano Tantaka Sapa. En señal de admiración y de respeto por su supremo sacrificio.

En esta ocasión la joven sí le tradujo a su abuela las palabras del hombre blanco. La anciana respondió con profusión en su idioma materno y la nieta se tomó unos segundos para organizar mentalmente las ideas antes de decir:

—Mi abuela quiere que sepan que nuestra bandera no es esa. Y que lo que ustedes llaman nación no es nuestra nación. Nosotras somos hijas del pueblo oglaga, formamos parte de la nación lakota, creada en el principio de los tiempos por Wakan Taka, el Gran Espíritu, después de que concibiera el sol y la luna, las montañas y los ríos, los árboles y los animales. Mi abuela quiere que sepan que ella fue una de las supervivientes de la matanza del arroyo de Wounded Knee, en 1890, en la reserva de Pine Ridge. Tenía nueve años y allí vio por primera vez esa bandera que ustedes traen hoy aquí. Era la bandera del Séptimo de Caballería que aquella mañana de invierno mató a más de trescientos lakotas: hombres, mujeres y niños que no podían defenderse. Y dejaron sus cadáveres tendidos en la nieve durante tres días. Cuando los enterraron, a todos juntos en una sola fosa, sus cuerpos estaban congelados.

El desconsuelo se apoderó del teniente Landowski al escuchar esa última frase, tan solo él sabía por qué. McElroy dirigió a Myer una mirada inquisitorial, el comisionado de Asuntos Indios no le había advertido de que los familiares del cabo podrían reaccionar de esa manera en ese acto que estaba programado. La joven lakota alzó unos centímetros la mano en la que sostenía el pequeño cofre con la medalla y siguió hablando, esta vez con discurso propio.

—*Hetchetu aloh* —dijo—. Que así sea —tradujo—. Aceptamos su medalla. No nos sirve para nada, no nos da abrigo, no es comestible para alimentar el cuerpo ni combustible para alimentar el fuego, pero es un reconocimiento al sacrificio de Tantaka. La aceptamos porque sabemos que así lo quiere su espíritu, que continuará con nosotras hasta que celebremos la ceremonia de despedida, de aquí a trece lunas; será entonces cuando mi hermano podrá seguir el camino de las estrellas. Pero no queremos su bandera, Tantaka no combatía por ella. Se alistó porque pensaba que así podría escapar de la pobreza y darnos una vida mejor a mi abuela y a mí. Y porque creía que así se ganaría una parte del respeto que la gran nación blanca le niega a la pequeña nación lakota.

La chica hizo una pausa medida. Todos guardaron silencio.

—Miren las tierras que nos rodean —continuó—. Son tierras estériles por las que no luchan ni siquiera los coyotes, tierras que no codician ni siquiera los buitres porque saben que en ellas solamente hay hambre. Poco más que esto nos dejó la nación blanca de aquellos cincuenta millones de acres que nuestra nación llegó a tener en tiempos de la abuela de mi abuela Mapiya.

Landowski fue el único de los seis extraños que aceptó el desafío y echó una mirada alrededor, aunque la noche ya ceñía la reserva siux y el teniente acabó llevando la vista a las llamas hipnóticas de la hoguera más cercana. Lo apartó de esa abstracción el subsecretario de Defensa de los Estados Unidos al hacer un aspaviento con la mano para conminarlo a recuperar la bandera doblada en triángulo, que había quedado sin uso ni destino en las manos del comisionado Myer. El oficial de Marines la recuperó y la guardó en el maletín antes de cerrarlo.

—Respetamos sus deseos, por supuesto —afirmó el comisionado de Asuntos Indios haciendo gala de su diplomacia—. En fin, nos queda un largo viaje por carretera hasta Sioux Falls y el señor subsecretario de Defensa todavía debe tomar allí un avión para proseguir viaje hasta Washington.

La chica clavó la mirada en un punto impreciso de la oscuridad antes de enunciar una pregunta pendiente.

—¿No van a devolvernos el cuerpo de mi hermano? Eso es más importante para nosotras que cualquier bandera y que cualquier medalla.

—Me temo que no, no fue posible recuperar el cadáver —respondió el subsecretario de Defensa—. Puede darle detalles el teniente Landowski, su hermano servía en el pelotón que tenía bajo su mando el teniente.

—Su hermano falleció en un sector controlado por tropas chinas y norcoreanas —informó el oficial—. Sufrimos numerosas bajas, tuvimos que replegarnos y no pudimos llevarnos a los fallecidos. Lo lamento, yo tenía amistad con el cabo Sapa.

—¿Estaba usted con Tantaka cuando murió? —le preguntó ella.

El teniente volvió a refugiar su mirada en las llamas de la hoguera. No temía contestar a eso, temía las preguntas que podría hacerle a partir de su respuesta.

—Sí, yo estaba a su lado —contestó lacónicamente.

La joven lakota entornó la vista hacia su abuela Mapiya y ambas intercambiaron una sonrisa balsámica que no precisaba traducción. El teniente Landowski sintió un profundo alivio al ver que la hermana de Sapa renunciaba a formular las temidas preguntas, las preguntas que haría cualquier familiar en similares circunstancias: «¿Sufrió mi hermano o la muerte le llegó por sorpresa?», «¿Dijo algo antes de morir?»…

Una ronda rápida de frases hechas y de gestos protocolarios dio forma a la despedida entre los seis hombres y las dos mujeres. Los agentes siux, equipados con lámparas de carburo para iluminar el camino, acompañaron a la comitiva durante la mitad del recorrido de regreso a los coches. Al divisar en lontananza las luces de las lámparas, que parecían luciérnagas en la inmensidad de la llanura, los chóferes encendieron los focos de los vehículos para señalizar su posición. Cuando los agentes nativos ya se disponían a dar media vuelta, el subsecretario de Defensa echó mano a la cartera en el bolsillo interior de su americana, sacó un billete de diez dólares y se lo ofreció a uno de los policías nativos.

—Una propina para los dos mejores exploradores del territorio —les dijo.

Los agentes lo miraron estupefactos y ninguno alargó la mano para recoger el donativo. Por segunda vez en pocos minutos, las migajas del hombre blanco eran rechazadas en la reserva de pieles rojas.

—No los ofendas, Ashton. Ellos cobran un sueldo de la Administración federal —le susurró el comisionado de Asuntos Indios, que despidió a los nativos con una sonrisa de desagravio.

Los dos siux lakota apagaron las lámparas para desandar el camino y la oscuridad se los tragó en un santiamén. La comitiva continuó hasta los coches oyendo únicamente el sonido de la tierra que provocaban las suelas de sus zapatos. El camino rojo de la ida, un camino tintado por el sol del atardecer, era ahora una senda imprecisa batida por la luz fría de los focos delanteros de los dos automóviles.

—Aquí nos separamos, Ashton —le comunicó el comisionado de Asuntos Indios a su insigne acompañante cuando ambos llegaron a la altura del Lincoln y del Chevrolet—. A no ser que hayas cambiado de opinión en lo referente a venir a cenar a la mansión del gobernador Wilson. Su esposa es una cocinera fabulosa.

—Iría encantado, pero he de regresar a Washington esta misma noche. Hay una guerra que ganar, en el frente y en la retaguardia. Y con esta campaña de medallas seguramente tendré que viajar en los próximos días a Luisiana o a Georgia, o visitar algún cuchitril en Harlem.

—¿Qué se te ha perdido allí? —preguntó Dillon Myer.

—El presidente Truman quiere convertir en héroe también al próximo negro que muera en Corea, da igual si lo mata una bala o una diarrea provocada por la disentería. Dice que para ganarle el pulso al comunismo vamos a necesitar la implicación de todas las comunidades raciales de la nación: indios, negros, hispanos...

—Así que ahora te dedicas a fabricar, a inventar héroes —sacó en conclusión Myer—. Bueno, este es un país de fabricantes y de inventores.

—Yo no fabrico ni invento nada, es la guerra la que lo hace.

—Viene a ser lo mismo, la guerra es una industria muy nuestra. No irás a negármelo...

El aullido sobrecogedor de un coyote quebró el silencio de la llanura. El motorista bateador de animales sintió un repelús, su mente le jugó una mala pasada haciéndole creer que ese aullido hablaba de una deuda de sangre que venía a cobrar un cánido que era pariente del perro al que había dejado seco de una patada. Se abrochó con desasosiego la correa del casco, arrancó la Harley-Davidson al segundo intento y el rugido del motor hizo que se sintiera protegido. El otro motorista, con olfato de sabueso, olió el miedo de su compañero y le dedicó una sonrisa burlona.

—No te arriendo la ganancia con tus héroes de guerra —siguió conversando el comisionado de Asuntos Indios con el subsecretario de Defensa—. Yo ya tengo lo mío con las mil y una tribus de nativos americanos. Haga lo que haga, es difícil tenerlas contentas.

—Ya lo he visto con esas dos indias, solo les faltó arrojarnos el *tomahawk* a la cabeza. ¿Por qué no te aseguraste de que la familia del muerto iba a portarse como es debido?

—Tuve que organizar esta visita deprisa y corriendo. Y aquí aún no han cicatrizado las heridas del pasado. A los soldados que participaron en Wounded Knee, eso de lo que hablaba la vieja, los premiaron por la matanza con la Medalla de Honor del Ejército. Esas cosas no son fáciles de olvidar por los indios, Ashton.

—¡Por los clavos de Cristo, de eso hace medio siglo! —explotó el subsecretario de Defensa—. Y las circunstancias eran otras, aquello también era una guerra.

—Míralo como quieras, pero has de reconocer que es casi un milagro que una superviviente de Wounded Knee haya aceptado la medalla que le hemos traído, aunque fuera a regañadientes.

—Lo que cuenta es que la ha aceptado y tenemos la fotografía, a eso hemos venido. La propaganda es fundamental para levantar la moral de la opinión pública después de la zurra que nos dieron los chinos en Changjin.

Los dos políticos apuraron la despedida, se hacía tarde y aquel entorno les resultaba aún más desapacible de noche. Dillon Myer entró en el Chevrolet Styleline, Ashton McElroy se acomodó en la parte trasera del Lincoln Continental y el teniente Landowski tomó asiento junto a él. El fotógrafo se instaló al lado del conductor, y la pareja de policías se dividió para escoltar cada uno de ellos a un coche.

—¿Cuándo tiene que volver al frente, teniente? —le preguntó McElroy a Landowski en cuanto se puso en marcha el automóvil.

—En dos días se acaba mi permiso, señor.

—Muy bien. Vuelva a Corea y remate su tarea.

—¿Mi tarea, señor? —preguntó el teniente con desconcierto.

—Sí, su tarea. La de todos nuestros chicos, quiero decir. Atícenles una buena patada en el trasero a los generales de Mao Tse-Tung y mándenlos a cazar lagartijas a la Muralla China, que es donde tienen que estar. ¿En qué año nació, teniente?

—En 1918, señor —respondió el oficial.

—Cielos, ese año yo estaba combatiendo en la Primera Guerra Mundial, en la batalla de Amiens. Nos reunimos doce divisiones francesas, cinco australianas, cuatro canadienses, tres británicas y una sola de los Estados Unidos, pero los norteamericanos dimos la talla, como siempre. Ya ve, cada generación tiene su guerra y cada guerra tiene su gloria.

Paul Landowski giró la cabeza hacia la ventanilla para sumergir la mirada en la oscuridad.

—Dígame una cosa, teniente —siguió hablando McElroy—. ¿Cómo murió en realidad ese indio?

—¿Se refiere al cabo primero Tantaka Sapa, señor? —respondió Landowski reivindicando la identidad del fallecido.

—Sí, claro, no pensará que estoy hablando de Caballo Loco... Únicamente quiero saber si cayó en combate, como le hemos contado a su familia.

—No, señor, murió de frío. Ya sabe que nos alcanzó una ola de frío siberiano, soportamos temperaturas de cuarenta grados bajo cero. Se congelaban incluso las ampollas de morfina, los enfermeros tenían que calentarlas en sus bocas antes de inyectar a los heridos.

—Estoy al corriente —contestó con suficiencia el subsecretario de Defensa.

—Perdí tres hombres por el frío y por la gangrena. No recibimos el apoyo aéreo que solicitamos para evacuar los cadáveres, tuvimos que darles sepultura en la nieve.

—Como ya sabrá, en esas fechas había dos compañías del Séptimo de Marines, la Fox y la Charlie, acorraladas por los chinos e intentando abrir la carretera de Yudam-ni y Hagaru-ri. Necesitaban todo el apoyo aéreo disponible en ese momento. No podíamos abandonar aquella vía, era muy valiosa.

—La vía más valiosa es el Camino Rojo y lo abandonamos hace ya mucho tiempo —dijo Landowski de manera críptica—. Una gran nación no debería abandonarlo nunca si quiere seguir siéndolo.

—¿El Camino Rojo? ¿Es un nombre en clave?

—No, señor. Es una revelación que tuvo un día Alce Negro observando el sol del atardecer.

—¿Alce Negro? ¿De qué diantres está hablando? —preguntó McElroy, que comenzaba a impacientarse ante el intrincado discurso del teniente.

—Alce Negro era un hombre santo de los siux, uno de los supervivientes de Wounded Knee.

—Entonces, el hombre santo, como usted lo llama, ya es cosa del pasado.

—Yo no diría eso, señor. Alce Negro murió hace solo unos meses.

—¡Maldita sea, teniente! —estalló finalmente el subsecretario de Defensa—. ¡Es usted un oficial de los Marines, deje de decir sandeces sobre un chamán indio!

Landowski, impertérrito, continuó explorando la oscuridad a través del cristal de la ventanilla. McElroy lo miró de reojo preguntándose si el oficial estaba en sus cabales.

—El cabo Tantaka Sapa me salvó la vida dos veces en combate y yo ni siquiera fui capaz de darle digna sepultura —se sinceró al cabo de unos segundos.

—Prioridades, teniente. En la guerra son las prioridades las que ordenan y mandan. Me hago cargo de su pesar, pero el Ejército no es un servicio de pompas fúnebres. Y el frente no es una oficina de quejas ciudadanas, cuando uno va allí es para dar lo mejor de sí mismo sin exigir ni esperar nada a cambio. Usted pertenece al Cuerpo de Marines, y a los Marines los entrenan al más alto nivel no solo para la lucha, sino también para que dejen a un lado el sentimentalismo.

Landowski se llevó una mano al pecho para palpar el pequeño bulto en el bolsillo superior de su guerrera. Sacó el amuleto secretamente tirando del cordel negro que sostenía la piedra roja y redonda. Enlazó el cordel alrededor de su muñeca y ocultó el trozo de mineral en la mano rumiando su remordimiento por no haberle entregado ese amuleto a la hermana del cabo. No había encontrado el momento adecuado para hacerlo en presencia de Myer, McElroy y de los demás extraños.

Siguió escrutando la negrura al otro lado del cristal, con el semblante tenso como un arco que se dispone a liberar la flecha. Recordó las palabras de Alce Negro que Tantaka le había pedido que memorizase cuando le entregó el amuleto, poco antes de morir en los gélidos campos de Corea: «Debes seguir el Camino Rojo, que va del norte al sur y del sur al norte. Es el camino del Bien y por él ha de caminar tu nación. Un camino sin violencia ni codicia de tierras ni de riquezas ajenas, tan sagrado como la vida misma. Un camino que todos los pueblos pueden recorrer».

Landowski acercó la cara al cristal de la ventanilla. Trató de adivinar las montañas que abrazaban el valle que estaba atravesando el Lincoln Continental, las cimas titánicas de las que tanto hablaba Tantaka Sapa, aquellas que nunca blanqueaba la nieve y donde el frío no era sinónimo de muerte. Y sintió la llamada al unísono de todas las almas, humanas y animales, que habían respirado en aquellas tierras.

El teniente del Quinto Regimiento del Cuerpo de Marines Paul Landowski echó mano a la manija de la puerta. Tardó en abrirla el tiempo justo para convencerse de que aquellas moles de roca no eran un mal lugar para alguien que quisiera ponerse a salvo de la locura de la guerra.

LA CIUDAD NEGRA

Ten el valor suficiente para confiar en el amor una vez más, y siempre una vez más.

MAYA ANGELOU

Lo hago callar de un manotazo. De un manotazo certero, porque lo silencio a la primera. Abro los ojos y miro sus agujas, amenazantes como cuchillos. Una apunta al oeste, la otra al techo. Las dos forman el ángulo recto de las nueve de la mañana. El despertador sonó a pesar de que anoche olvidé darle cuerda. Anoche estaba ocupada en otras cosas. Hago memoria de esas otras cosas cuando me abraza por detrás un cuerpo sureño. Un cuerpo largo y cálido como una tarde de verano en Central Park. Me invade una sensación de vacío por tener que abandonar la cama. Hacía media vida que no tenía un motivo amable para quedarme en la piltra. Alabama y yo llevamos cinco noches compartiendo bajo las sábanas nuestra soledad. Desde el día en que fuimos vecinos de barra en el Snow Moon. Él ahogaba en cerveza su fracaso como actor. Yo ahogaba en güisqui mi fracaso como persona.

Va a dolerme despedirme de él. Va a costarme despedirme del mejor polvo del estado de Alabama. Piensa marcharse de la ciudad hoy mismo. Y yo no tengo nada para retenerlo aquí. Broadway no le abrió las puertas de la fama y del dinero. Y eso que estuvo llamando a ellas durante dos años. Solo un par de papeles secundarios en obras menores. Pocos días en cartelera y pocos dólares. Sobrevivió trabajando como mozo de almacén en el mercado de Union Square. La Gran Manzana es como Rocky Marciano cuando pelea con una mano lesionada. Si te atiza con el puño dañado piensas que te está acariciando un amante. Si te da con la mano sana es como si te arrollara una locomotora del Atlantic Railroad.

Tengo que desmarcarme del brazo y del abrazo de Alabama. Un abrazo blando y perfumado como un campo de algodón. Quisiera quedarme encamada con mi actor negro. Vaciando el cargador de la lujuria. Con licencia para amar. Galoparía sobre él hasta el atardecer. Pero hoy tengo trabajo. Y voy a llegar tarde.

Está costándome abandonar el catre. Ronroneo como un boxeador medio noqueado en la lona. Agoto la cuenta de los diez segundos. Al final me levanto. Y corro desnuda hacia el baño. Regreso, duchada y medio vestida.

—¿Nunca te han dicho que te pareces a Jackie Robinson? —le pregunto.

—¿Quién es Jackie Robinson, cariño?

—El segunda base de los Brooklyn Dodgers.

—No me gusta el béisbol.

—Es mucho más que béisbol. Estoy hablando del primer afroamericano que jugó en las Grandes Ligas.

—¿Sabes a quién te pareces tú?

—No, sorpréndeme.

—A Rita Hayworth, con esa sonrisa y esa melena pelirroja de irlandesa.

—Rita Hayworth es medio española, su nombre real es Margarita Carmen Cansino. Pero agradezco el cumplido, tesoro.

Le guiño un ojo. Recojo el pelo con una cinta verde con forma de trébol. Parece que me estoy preparando para el desfile de San Patricio. Alabama, treinta y cinco años, metro ochenta, me observa. Me mira con descaro y con deseo. Yo también lo deseo a él. Estoy poniéndome tan caliente como las rocas del desierto de Sonora. Pero no tenemos tiempo. Él guarda silencio, habla poco. Está habituado a representar papeles cortos.

En mi cabeza empieza a sonar *Cotton fields*. La canción que Alabama compró para nosotros con una moneda. En la gramola del Snow Moon. La noche en la que nos conocimos.

—Alabama, yo tengo unos cuantos dólares ahorrados para eventualidades como esta.

¿Para eventualidades como esta? Hablo igual que un vendedor de pólizas de seguros. Como Fred MacMurray en *Perdición* unas escenas antes de enamorarse perdidamente de Barbara Stanwyck. En cualquier caso, Alabama lo entiende. Le acabo de ofrecer dinero para ir tirando. Está sorprendido, emocionado incluso. No sabe cómo interpretar mi ofrecimiento.

—Es tu dinero, Leslie. Y yo no soy un mendigo —me dice.

—Me gusta ser generosa cuando me lo puedo permitir. E incluso cuando no me lo puedo permitir. La generosidad es una inversión. A lo mejor llega el día en que tengo que ir a Tuscaloosa a pedirte que me devuelvas el favor. Porque los problemas son la materia prima de mi oficio.

—No darías conmigo en Tuscaloosa. Allí me moriría de hambre más deprisa que aquí. Me voy a Nueva Orleans, en esa ciudad están naciendo nuevas compañías de teatro.

Nueva Orleans, poco sé de ella. Sé que allí nació Louis Armstrong. Aunque hay quien jura que Louis Armstrong no nació. Que es un ángel que bajó del cielo con su trompeta. También sé que en Nueva Orleans la gente negra baila y toca música en los funerales. Que celebran la muerte más de lo que muchos celebramos la vida.

—Así que vas a probar suerte a orillas del Misisipi…

Muevo el trasero sensualmente para que me ayude con la cremallera de la falda. Entre tanto, abotono mi blusa de gasa y volantes. Señalo con el brazo la mesita de noche. A la izquierda del ventilador que gira en el techo como un tiovivo del Luna Park de Coney Island.

—Abre ese cajón. Hay entre trescientos y cuatrocientos pavos.

Él abre y mira. No ve una hucha, una caja de galletas, un joyero, una pitillera…

—En mis medias azules, cariño —le doy una pista—. Ya tienes experiencia en quitarme las medias, no hace falta que te explique cómo se desenrollan.

Rebusca, encuentra unas medias del color de las aguas del río Hudson. Las desenrolla con sus manos negras y duras como el ébano. Saca un mazo de billetes verdes con las caras de los presidentes Grant, Jackson y Hamilton. Cuenta el dinero.

—Hay exactamente 380 dólares —me dice tras el recuento.

—Bien. Son tuyos.

—¿Estás segura, Leslie? Yo no sé cómo agradecértelo...

—*Agradecimiento* es una palabra muy larga. Cuando acaba uno de pronunciarla ya casi no recuerda cómo empezaba.

Dejé de creer en algunas palabras porque son demasiado largas. Y en otras porque son demasiado cortas. Y al ser cortas pesan poco. Y si pesan poco, se las lleva el viento. *Amor* es una de ellas.

—Prometo que te devolveré hasta el último centavo en cuanto supere esta mala racha.

Lo miro con envidia. Sabe o piensa que está pasando una racha mala. Las malas rachas son pasajeras. Lo mío, en cambio, no es una mala racha. Es una mala época que dura cuarenta y dos años, desde que nací. En la cara negra de Alabama asoma una sonrisa deslumbrante. Una sonrisa con vatios suficientes para iluminar Times Square.

—Me cuesta creer que seas un hombre.

—¿Por qué lo dices, Leslie?

—Porque de los hombres que han pasado por mi vida solo he recibido ruido o silencio.

—¿Y yo no soy ruido ni silencio?

—No. Creo que tú eres música, que es lo contrario del ruido y del silencio.

Él calla. Noto que se emociona y le advierto:

—No se te ocurra llorar, no soporto la humedad. Además, no creería en las lágrimas de un actor.

—Los actores mediocres no sabemos fingir el llanto. Cuando lloramos, es de verdad. Con este dinero que me has prestado y con uno o dos socios podría montar una compañía de teatro. ¿Te lo imaginas, Leslie?

Sí, claro que me lo imagino. Abro la ventana de la habitación. Fuera llueve y hace sol al mismo tiempo, falta algo en el cielo. Me giro y descubro en él eso que falta en el cielo. Alabama tiene un arco iris en la mirada. Sus ojos son el hogar de la alegría. Nos decimos adiós con un beso que dura menos de lo que desearíamos. Y con un silencio que dura más de lo que quisiéramos.

Llego a la oficina con retraso. Ella está esperando en el rellano. Aparenta mi edad, quizás un par de años más. Me dispongo a saludarla, pero se adelanta ella. Mezcla el saludo con una apremiante petición de información.

—Buenos días. ¿Trabaja usted aquí?

La respuesta a su pregunta es obvia. Porque estoy metiendo la llave en la cerradura para abrir el despacho.

—Sí —respondo secamente.

—¿Es usted la secretaria?

—¿La secretaria de quién?

—Del investigador privado Sullivan.

Jugaré un poco con ella. Como un gato que hace tiempo con el ratón hasta la hora del almuerzo. La invito a pasar. Le pido que tome asiento.

—Ocasionalmente soy la secretaria —afirmo—. Habitualmente soy Sullivan.

—¿Qué quiere decir? —pregunta sin esforzase en resolver el acertijo. Tiene un mal día o es más corta que las patas de un pingüino.

—Que el investigador privado Sullivan es la investigadora privada Sullivan. Soy Leslie Sullivan.

Ella se siente confusa.

—Discúlpeme, yo pensaba que…

La disculpa suele ser heredera de la culpa.

—¿Qué pensaba?

—En la puerta solo figura su apellido.

—Tengo poco presupuesto para rotulación. Prefiero gastarme el dinero en pintalabios que en pintura.

—No sabía que había mujeres detectives.

—Soy una pionera.

—Eso está bien, vivimos en una nación de pioneros, ¿verdad?

—Eso dicen —comento con escepticismo—. En fin, si estaba usted buscando otra cosa, un detective con bigote y un bulto entre las piernas, puedo recomendarle a algún colega.

—No, por favor, no piense usted mal. Me educaron en ideas liberales. Además, estamos en 1956 y el mundo avanza, ¿no es cierto?

No sé qué contestar a eso. Porque estoy segura del año en el que vivo. Pero no estoy segura de que el mundo avance. Estados Unidos ha lanzado en el último mes una docena de bombas atómicas «de ensayo». Todas en las Islas Marshall, en el Pacífico. Bautizadas con nombres de etnias nativas americanas. Hubo un champiñón nuclear al que llamaron seminola. Y un lakota. Y un hurón. Y un yuma. Y un cheroqui. No, no estoy segura de que el mundo avance. Miro el calendario que hay sobre mi mesa. Empleo un tono afectado para confirmarle únicamente el año.

—Sí, eso pone aquí. Estamos en 1956.

Caigo en la cuenta de que el despacho sigue a oscuras. Abro las cortinas. Ya no llueve. Entra por la ventana toda la luz del Bronx. Descubro que mi nueva clienta es una mujer monocromática: sombrero y vestido negros como el betún, pendientes y guantes negros como un túnel, bolso negro como una cucaracha, ojos negros como una noche sin luna... Lleva rímel negro como el galipote y pintauñas negro como un café americano. Su negrura postiza intenta eclipsar la luz del Bronx. Cojo papel de color ahuesado y un lápiz de mina negra para inaugurar el expediente. Como siempre, empiezo dándole al cliente un nombre en clave. El suyo va a ser Mujer Eclipse. Porque odia el color, pienso de un modo equivocado. Y me equivoco por partida doble. Pero eso es algo que descubriré más tarde.

—¿Cómo ha dado conmigo? —le pregunto.

—El anuncio —dice ahorrando palabras como si fueran billetes de cien dólares durante la Gran Depresión.

—¿El anuncio?

—Sí, el del *Post*.

Saca del bolso un recorte del *New York Post*. Lo deja encima de la mesa. Leo el pequeño texto recuadrado: *Agencia Sullivan, investigación privada*. Y la dirección de mi oficina, en el 57 de la avenida Baker. Le debo una a Lafayette, el reportero de sucesos del *Post*. Me había prometido publicidad. Un anuncio gratis. En uno de esos huecos libres que quedan al cierre de la edición.

—¿En qué puedo ayudarla, señora...?

—Evelyn Haraway, apellido de casada —contesta mi emperifollada clienta—. De los Haraway de la Quinta Avenida, junto al Rockefeller Center.

No sé quiénes demonios son los Haraway de la Quinta Avenida. Pero esas señas huelen a mucha pasta. Se quita la chaqueta de punto, negra también. Su perfume caro le declara la guerra olfativa a mi colonia barata. Descuelgo el teléfono para que no nos interrumpa nadie.

—Cuénteme, tiene toda mi atención —le digo con condescendencia.

—Mi esposo, Jason Haraway, desapareció hace unos días.

—¿Cuándo y dónde lo vio por última vez?

—En casa, el lunes a primera hora de la mañana, antes de que se fuera a la oficina.

—¿En qué trabaja su marido?

—Es un hombre de negocios. Posee una empresa comercializadora de marisco y pescado en Hunts Point. Distribuyen mercancía por tres estados.

Vuelve a hundir en su bolso la mano enguantada en seda negra. Saca una fotografía y me la entrega. Son ella y su marido en las cataratas del Niágara. Tienen tanta agua detrás que debo alejar de mi cara la imagen para que no me moje. Memorizo los anodinos rasgos faciales del hombre. Jason Haraway mira a la cámara con la frialdad de una gamba congelada. Como un sospechoso en una rueda de reconocimiento. Sombrero fedora, pajarita lisa, americana de raya diplomática con doble abotonadura. Tiene el aspecto de un distinguido chupatintas. La apariencia de un cajero de banco de la avenida Madison. La traza de un cobrador de apuestas del hipódromo de Belmont Park.

—¿Es la primera vez que falta de casa?

—Sí, la primera en nueve años de matrimonio. Y sé que le ha pasado algo…

—¿Tienen hijos?

—No. La vida no sale siempre como la programamos, ¿no es cierto?

—Cierto. ¿Sabe si su marido podría tener una amiga, por decirlo así?

—¡No, Dios bendito! —contesta sobreactuando en la entonación.

Ya sé por qué Broadway no le abrió las puertas a Alabama. Porque sobran actores y actrices en Nueva York. Hay demasiados en la vida diaria, actúan desde la mañana a la noche. Aficionados de la teatralidad, profesionales de la mentira.

—Debo decirle que una buena parte de las desapariciones de maridos que investigo acaban siendo desapariciones voluntarias. Y suele haber detrás de ellas otra mujer… o un hombre.

—¿Un hombre? Eso que está insinuando es repugnante —contesta escandalizada, la educación en ideas liberales no caló demasiado en ella.

Abre el bolso por tercera vez. Saca una cajetilla de Lucky Strike y un Zippo cromado en oro. Se dispone a encender el cigarrillo. Pero lo correcto es pedir permiso primero.

—¿Le importa que fume? —pregunta.

—Preferiría que no fume aquí —respondo.

Yo también tengo ganas de un pitillo. No sé por qué se lo he prohibido. Quizás por acotarle el terreno a una dama de la Quinta Avenida. Una de esas acostumbradas a lograrlo todo con un chasquido de dedos o tocando la campanilla para llamar a la criada.

—Empiezo hoy mismo con el caso —le digo—. No cobro por horas ni por días, cobro semanas completas. Mando la factura con los honorarios y los gastos los lunes. En los gastos va incluido el pago a soplones.

—¿Soplones? Perdone, no la entiendo.

Definitivamente, no tiene un mal día, es más corta que las patas de un pingüino. Y viste de negro, igual que un pingüino. Y vive de la pesca, igual que un pingüino.

—Sí, soplones, chivatos, confidentes, informantes, delatores… —la apabullo con la lista de sinónimos mientras tacho con el lápiz el alias de Mujer Eclipse para sustituirlo por el de Mujer Pingüino—. Acepto el pago en efectivo o con talón bancario. Trabajo seis días a la semana, mañanas y tardes. Noches también cuando es necesario. Dedicación exclusiva al caso.

—Quiero que trabaje siete días a la semana, si es preciso. Por el dinero no se preocupe.

«Por el dinero no se preocupe». Una de las frases que relumbran, como luces de neón, en los saciados labios de los ricos. Hay otras frecuentes en su repertorio: «¿Sabe usted con quién está hablando?», «Con solo descolgar el teléfono puedo hacer que no la contrate nadie desde aquí al estado de Maryland», «Apunte en esta servilleta la cifra de lo que cuesta su silencio», «Siento no poder dedicarle más tiempo, llego tarde a la cena benéfica en mi club de campo»…

—No me preocupo —le respondo—, pero los domingos no trabajo. Es el día que reservo para ir a los oficios religiosos de la iglesia episcopal de Saint Margaret. En este trabajo se mancha mucho el alma y hay que purificarla todas las semanas.

—Lo que usted diga —contesta, no se ha tragado mi trola.

—¿Ha denunciado a la policía la desaparición de su marido?

—No.

—¿Por qué?

—Jason y yo pertenecemos a familias respetables, no quiero que su desaparición se convierta en carnaza para los tabloides sensacionalistas.

—Esos mismos tabloides sensacionalistas que usted lee —replico centrando mi mirada en el recorte del *Post*, que sigue sobre la mesa.

No dice nada sobre eso. Creo que me estoy excediendo. No quiero ensañarme con ella.

—Bien, la mantendré puntualmente informada. ¿Cómo ha venido hasta aquí?

—En taxi.

—¿Quiere que le pida uno?

—Si es usted tan amable…

He dado en el blanco. A estas horas es muy posible que Barty *Ciempiés* esté pegado al teléfono de la parada de Tremont con Adams. Cojo el auricular y marco el número. Descuelga él, es mi día de suerte. No me identifico, no hace falta.

—Por favor, manden un coche al 57 de la avenida Baker.

Barty *Ciempiés* no necesita más. Sabe que esa dirección activa nuestro protocolo de colaboración. Él hará la carrera con la clienta. Y luego me contará dónde llevó a la Mujer Pingüino tras recogerla frente a mi oficina. Cuelgo el teléfono. Le pido a Evelyn más datos del señor Haraway. Y de su familia y amigos. Y de sus socios y empleados. Y de su servicio doméstico y de sus vecinos. Le pido un aluvión de datos. Para dar tiempo a que llegue el Dodge Meadowbrook de Barty. Un claxon de automóvil suena en la calle. Es la señal de mi taxista favorito. Ella abandona el despacho un segundo antes que el eco de sus zapatos. Sus tacones suenan como los tambores de guerra antes de la batalla de Gettysburg. Es el presagio de que este caso no va a ser fácil. No va a ser agradable. No va a ser incruento.

Saco del cajón un paquete de Chesterfield. Enciendo un cigarrillo, el que evité fumar cuando la Mujer Pingüino quería hacerlo. Barajo mentalmente la información que ha escupido la dama de la Quinta Avenida. Estoy buscando buenas cartas para jugar esta partida. Necesito café.

Hago unas cuantas llamadas telefónicas, también recibo una. Barty *Ciempiés* me telefonea para informar. Me dice que llevó a mi clienta a una sucursal de la Manhattan Life Insurance. Hago un par de visitas. Descubro que esa aseguradora no lleva los negocios de Jason Haraway. Pero es la aseguradora con la que Jason Haraway contrató un seguro de vida. Una póliza gorda, de las que te quitan el hipo. Póliza de indemnización doble si el asegurado la espicha. Cincuenta mil dólares para la viuda si el señor Haraway estira la pata.

Le pido a Lafayette que eche la caña para mí. Que pesque en el archivo del *Post* fotos de Jason Haraway. E información sobre sus negocios. Voy a la comisaría del distrito 23 para hablar con Trevor McLean.

—¿Qué te trae por aquí, pelirroja? —pregunta el inspector McLean.

Tiene los pies encima de la mesa. Y los dedos de las manos entrelazados sobre la barriga. Como un Buda feliz.

—Mis piernas me han traído aquí.

—Unas piernas muy bonitas, Donovan —me mira lascivamente de cintura para abajo.

—Sigues empeñado en cambiarme el apellido, polizonte.

—No es nada personal, pero Sullivan suena poco irlandés.

—A ti qué más te da, condenado escocés.

Complacido, suelta una carcajada. Acabo de salpimentar su insulso día.

—Eres más mala que el pecado. Pero veo que sigues tan atractiva como siempre.

—A ti te veo más orondo. Te convendría comer menos dónuts y correr más detrás de los malhechores.

—Para correr están los patrulleros, nena. Ellos son el músculo y los inspectores somos el cerebro de este negocio.

—De eso quería hablarte. Necesito que uses tu cerebro para mí.

—¿De qué se trata?

—Jason W. Haraway, presidente de la Hunts Point Fresh Fish Corporation. Vive en la Quinta Avenida, a un par de manzanas del Rockefeller Center.

—No lo conozco.

—Desapareció hace unos días, según su esposa.

—¿Tu clienta ha presentado denuncia?

—No lo necesita. La policía es un servicio público y los servicios públicos en este país son para los pobres. Los Haraway son ricachones.

—No hay denuncia, su empresa no está en mi distrito, su casa tampoco entra en mi jurisdicción… ¿Qué quieres que haga, Sullivan? Estoy atado de pies y manos, no podría ayudarte aunque quisiera.

—Venga, McLean. Yo fui *girl scout* y seguro que tú fuiste *boy scout*…

—Sí —responde—. ¿Y qué? —pregunta.

—Que seguramente hoy no has hecho aún la buena acción del día que tiene que hacer todo *scout*. Se trata de un pequeño favor entre detectives.

—No te confundas, encanto. Yo soy detective del Departamento de Policía de Nueva York, tú eres investigadora privada. Yo sirvo a la ciudad, tú sirves a tus clientes.

—Lo único que te pido es que hagas algunas llamadas. Cualquier cosa me valdría para ponerme a rastrear.

Baja los pies de la mesa. Observa mi escote. Si algún día me encuentran muerta en un callejón de Hell's Kitchen irá al depósito a verme. Y usará su placa para pedir que destapen mi cadáver desnudo. Nueva York es así. Nueva York es la nueva Alejandría, es también Sodoma y Gomorra.

—¿Y qué gano yo? —pregunta con cara de vicio.

—Mi agradecimiento —le digo poniendo en valor una de esas palabras largas en las que no creo—. No puedo ofrecerte nada más, ya he agotado el presupuesto de sobornos para este año. Me quedé corta calculando el nivel de corrupción de la policía neoyorquina.

—¿Vienes a mi despacho a insultarme, irlandesa?

—Bromeaba —me retracto, no llevo cartas para ganar esa mano.

—Yo estoy pensando en una cena romántica como compensación. Conozco un restaurante discreto y acogedor en Little Italy. Pago yo.

—¿Por qué no? Tengo la cartilla de baile completa hasta más allá de Acción de Gracias, quizás podría darte cita para la cena de Nochebuena. Y como es un día para celebrar en familia deberíamos invitar también a tu mujer.

—¿Qué pinta mi mujer en esto? —pregunta con resentimiento.

—Las mujeres y los maridos siempre pintan algo, ¿no? Yo no tengo ese problema. Leí hace poco una entrevista a James Dean en la que decía que lo mejor de estar soltero es que puedes meterte en la cama por el lado que prefieras.

McLean sonríe con resquemor. Salgo de la comisaría con las manos vacías. O eso pienso. McLean solo entonó al final un «No te prometo nada». Y escenificó un gesto que no entendí: cerró el puño dejando fuera el dedo gordo. Y se llevó el dedo a la boca. Como si fumara en pipa. McLean es escocés. Como Conan Doyle, el creador de Sherlock Holmes. ¿Un guiño entre detectives? No. McLean no es tan básico, ni tan rebuscado. Tiene que tratarse de otra cosa.

Al día siguiente visito la Hunts Point Fresh Fish Corporation. Una gran nave a pocas manzanas de la rula de Fulton. Apesta a vísceras de pescado. Es irónico, ese olor pestilente financia el costoso perfume de la señora Haraway. Y la señora Haraway ahora financia mi colonia barata. Hay mucha gente allí. Intento hablar con los limpiadores de pescado. Y con los camioneros que entran y salen del muelle de carga. Pero hay mucho ruido en el trabajo. Y mucho silencio en los testimonios. Nadie quiere darme charla. Nadie quiere hablar de la desaparición de Jason Haraway.

Voy al edificio de oficinas. Llamo a las puertas en las que veo nombres y apellidos rotulados en cristales translúcidos. Logro que me reciba un tipo llamado Timothy Winters. Receloso, esquivo, antipático. Me dice que es el administrador de la empresa. La Mujer Pingüino no me había hablado de él. No estaba en la lista que me dio de los peces gordos de la Hunts Point Fresh Fish. El tal Winters me insinúa que la desaparición de Haraway es voluntaria. Deja caer que se trata de un asunto de alcoba. Y me recomienda que deje de husmear. Me pide que saque mi culo del edificio y que no vuelva.

A mi instinto le gusta la psicología inversa. Si me dicen que no vuelva a un sitio sé que debo volver. Regresaré a Hunts Point, pero fuera del horario de oficina. A esas horas en que en Nueva York ya no se distingue lo blanco de lo negro. Preparo la logística, controlo horarios para preparar una nueva visita.

Veo al guarda en su garita de luz mortecina. Está leyendo *The Reader's Digest*. Está escuchando música *swing* en un transistor. Rodeo parte de la tapia, trepo y salto al otro lado. Corro hacia la entrada del edificio. Fuerzo la puerta sin hacer apenas ruido. Subo a la planta noble. Me muestro indecisa entre tres despachos. ¿Dónde esconde la bolita el trilero? En diez minutos comenzará la ronda el vigilante. Un par de piezas de *swing* y un par de páginas del *Digest*. Solo dispongo de ese margen de tiempo. Me la jugaré, apuesto por el despacho de Winters. Porque Winters es el hombre de las finanzas. Y las finanzas son una incubadora de delitos. Fuerzo la entrada al ritmo de la música lejana. Suena *It don't mean a thing*, de Ella Fitzgerald. Y mi palanca es un instrumento de percusión que no desafina.

Me cuelo en el despacho de las finanzas. Enciendo la linterna. Registro los cajones. Abro uno de los archivadores. Ojeo los lomos de las carpetas. Ningún epígrafe sospechoso, no son tan estúpidos. Saco el cajón inferior. Palpo en el interior. Nada. Repito la operación con el otro archivador. El tacto me revela que ese hueco tiene menos altura que el anterior. Asomo la mirada. Efectivamente, hay un doble fondo. Lo desmonto. Saco un voluminoso sobre de papel manila. Lo abro. Facturas a nombre de diversos negocios que van desde Chinatown a Staten Island. Portes a destino desconocido. Albaranes del sindicato del transporte.

Estoy sintiendo pasos que no suenan a música. Se acabó el tiempo. Guardo el sobre en el forro de mi cazadora de aviador. Coloco el cajón en el archivador. Cierro la puerta con cuidado. Una sombra coronada por una gorra de plato se proyecta al final del pasillo. Me voy en dirección opuesta, hacia la escalera de incendios. Bajo de puntillas y me lanzó a correr. Trepo la tapia frente al muelle de carga. Camino hasta mi Chevrolet Bel Air de 1953. Pongo rumbo a mi despacho.

Va a ser una noche larga. Reviso los documentos escrupulosamente, memorizo guarismos. Lo repaso todo por si me he dejado algo atrás. Echo números. Tiro línea con las hipótesis. Y una de ellas sale a flote como la cresta de un iceberg. Hay notables desajustes de peso en las partidas de pescado. Los cargamentos vienen pesados de origen. Desde la rula de Fulton. Y salen de la fábrica pesados, para el reparto. Sí, de la Hunts Point Fresh Fish Corporation sale más pescado del que entra. ¿Cómo es posible? ¿Qué hay dentro de esos peces, ya destripados, cuando los cargan en los camiones? ¿Qué misterioso relleno llevan? ¿Qué ingrediente fantástico?

Es martes. Jason Haraway lleva más de una semana en paradero desconocido. A media mañana suena el timbre de mi oficina. Una, dos, tres veces. No he citado a nadie a esa hora. Pero quienquiera que sea sabe que estoy dentro. E insiste con los timbrazos. Abro la puerta con desconfianza. Me topo con dos tipos extraños. El grande y robusto tiene cuerpo de boxeador de peso semipesado. El pequeño y esmirriado podría pasar por galerista de arte. Pero seguro que no sabría distinguir un cuadro de Edward Hopper de una meada de gato.

—¿Sullivan? —pregunta el grandullón, con cara de malas pulgas.

—No, soy su secretaria. El señor Sullivan se ha tomado el día libre.

Mi respuesta suena convincente, pero no les convence. El homínido grande me solmena un golpe bestial. Me voy al suelo como si me hubiera embestido una bola de demolición de edificios. Me agarra del pelo y me lleva a rastras hasta el escritorio. El pequeñajo cierra la puerta, quiere que tengamos privacidad.

—Decidle a mi casero que no es para ponerse así —bromeo, pese a todo—. Solo me he retrasado un mes con el pago del alquiler.

El Abominable Hombre de las Nieves me atiza otro mandoble. Sé que la Gran Manzana hoy va a castigarme con la mano hábil de Rocky Marciano. Sé que ahora viene la parte más ingrata de mi oficio.

—Sullivan, danos lo que tú ya sabes y que cada cual siga su camino —comenta el pequeño, que ejercerá de maestro de ceremonia.

—No sé de qué me habláis.

Sigo en el suelo y el matón dobla la espalda para tenerme a tiro. Agarra con una mano los cuellos de mi blusa, no quiere que me convierta en un blanco móvil. Con la otra mano descarga su puño. Primero sobre mi cara, después en mis costillas. Termina el primer asalto, ni siquiera estoy en condiciones de alcanzar la esquina del cuadrilátero.

—Me gusta tu estilo, Sullivan, de verdad —dice el maestro de ceremonias.

—Pues aún no habéis visto lo mejor. Llevo la imagen de Popeye tatuada en el hombro.

El expendedor de mamporros responde a mi chiste malo con una patada en mi barriga. No me queda claro si le caen mal Popeye o las espinacas. El maestro de ceremonias se acuclilla ante mí. Saca un pañuelo blanco del bolsillo superior de su americana. No es un pañuelo de rendición. Me lo pasa con suavidad por los labios para limpiarme la sangre.

—¿Cómo lo llevas, Sullivan?

—He estado en fiestas mejores. En esta hay mucha piedra de hielo y poco güisqui.

—Reconozco que tienes más pelotas que muchos hombres, pero vale más que desembuches. O mi amigo va a dejarte la cara menos suave que un cactus —advierte señalando al troglodita.

—Aún no sé a qué debo el honor de vuestra visita.

—Sé razonable, encanto. Él sabía con quién estaba tratando. Acabó en el lugar del que viene el pescado. Nadie puede hacer ya nada por remediarlo, y tú estás jugando con dinamita.

No necesito más información que esa. No necesito más consejos. No necesito más golpes. Ha llegado el momento de tirar la toalla. Extiendo el brazo señalando un lugar en el suelo. Junto al mueble con el dictáfono y la máquina de escribir. El canijo camina con actitud chulesca hacia la cueva del tesoro. Se agacha, pasa la mano por la superficie. Descubre el corte en la moqueta. Tira de ella. Encuentra el sobre de papel manila. Comprueba el contenido. Facturas, portes a destino desconocido, albaranes del sindicato del transporte… Lo dobla y lo guarda en el interior de su americana. Se abotona la chaqueta con tranquilidad.

—Cuídate, Sullivan —dice a modo de despedida.

—La próxima vez que os vea recordadme que no os salude —les digo. La frase es de Groucho Marx.

Dejan la puerta abierta al marcharse. Estoy reventada. Me quedo postrada en el suelo. Cinco, diez, quince minutos. No sé cuánto tiempo. Mojo la moqueta con mi sangre y con mis lágrimas. Lloro de dolor y de rabia. Lloro porque no es la primera paliza que arruga mi licencia de investigadora privada. Y porque quisiera que fuera la última.

Me pongo en pie a duras penas. Estoy mareada, tengo náuseas. Camino hasta el teléfono apoyándome en la pared. Llamo a la parada de taxis. Pido que avisen a Barty *Ciempiés*. Se pone al aparato.

—Barty, por favor, ven a mi oficina. Estoy mal.

—Leslie, aguanta, llego enseguida.

—Ten cuidado al entrar. Es posible que sigan por aquí los que me hicieron trizas.

Barty se pone en guardia al escuchar eso. No se presenta solo en mi oficina. Le acompañan Johny Brand y Frankie Torrio. Dos taxistas fornidos que estaban con él en la parada. Los tres tienen cuerpos grandes, pero sus corazones son aún más grandes. Los tres aparecen con las camisas remangadas y empuñando la llave inglesa. Esa que guardan bajo el asiento del taxi para trabajar más seguros. Barty *Ciempiés* no puede disimular la angustia al ver cómo me han dejado. Descarga un puñetazo sobre la pared. Un puñetazo lleno de ira, un puñetazo lleno de cariño. Él tiene una hija de mi edad. Y sé que en mi cara rota está viendo la cara de su hija.

—Tranquila, Leslie. Te llevaremos al hospital.

—Al hospital no, Barty. Llevadme al *Doctor Muerte.*

—Lo que tú digas. Frankie, ayúdame con Leslie. Johny, tú ve delante y ándate con ojo, a lo mejor todavía están merodeando ahí fuera esos canallas.

Cuelgo mis brazos sobre los hombros de Barty y de Frankie. Johny va abriendo camino. Empuña la llave inglesa igual que la Estatua de la Libertad empuña su antorcha. El trayecto hasta el taxi es un calvario para mí. Me llevan a la consulta del Doctor Muerte. Para que me desinfecte y me remiende. Y para que me quite el dolor a base de pastillas. Trabaja bien, cobra poco y no hace preguntas. Es un buen médico y es un buen hombre. Lo llamamos Doctor Muerte únicamente por las iniciales de su nombre: Richard Ian Patterson. RIP.

Al salir de la consulta decido tomarme un par de días de descanso. Para sanar las heridas. Mientras corre el contador de honorarios que le voy a pasar a la Mujer Pingüino. Me lo he ganado a pulso, quién podría decir lo contrario. En las fechas siguientes termino de atar cabos. Lafayette me da un chivatazo. El Departamento del Tesoro lleva tiempo investigando a la Hunts Point Fresh Fish Corporation. La facturación oficial es baja para una empresa de ese volumen. Sospechosamente baja.

Telefoneo a casa de los Haraway para anunciar mi visita. Abre la puerta la sirvienta. Me conduce a un salón rosa lujosamente decorado. Allí está la Mujer Pingüino. Me recibe con una bata de raso de color fucsia. Parece un camaleón mimetizado con la estancia. Pone cara de disgusto al ver las heridas en mi rostro.

—¿Qué le ha ocurrido? —pregunta.

—Nada, que di un mal paso.

No insiste en saber lo que pasó. Porque intuye que no voy a hablar más de la cuenta. O porque para ella soy menos importante que el portero del edificio que vacía los cubos de basura. En realidad, el portero y yo hacemos lo mismo: sacarle la basura a la gente que puede pagar por ese servicio.

—Venga conmigo al jardín —me dice—. Es la hora de regar algunas plantas.

¿Al jardín? ¿A qué jardín, si estamos en un décimo piso? Coge una regadera que hay en un rincón del majestuoso salón. Salimos a la terraza. Pero aquello no es una terraza. Tampoco es un jardín. Es un vergel. Es el edén. Es media selva. Hay plantas y flores de todos los colores, formas y olores. Plantas urbanas y flora exótica. Miro a Evelyn Haraway con un destello de admiración. Porque supo jugar al desconcierto. Porque me hizo creer que detestaba el color. Que lo apostaba todo al negro. Y esa terraza, ese vergel, es un derroche de policromía. Un museo viviente consagrado al color.

—Soy aficionada a la floricultura —comenta mientras da de beber con la regadera a unas petunias de hoja aovada.

Las nubes ensombrecen el cielo asombrado de Nueva York. El tráfico suena lejano en el inframundo de chapa y cemento que hay diez plantas más abajo.

—Su marido está muerto —le espeto. Sin rodeos. Sin eufemismos.

Ella deja caer la regadera. El agua forma un pequeño charco en el suelo de cerámica.

—¿Han hallado su cadáver?

Una pregunta de alto riesgo. Acabo de revelarle que ha enviudado y solo quiere saber si ha aparecido el cuerpo. No pregunta qué pasó, dónde, cuándo ni por qué. Está claro que no necesita explicaciones. Solo necesita un cadáver.

Porque sin cadáver no hay certificado de defunción. Y sin certificado de defunción no hay dinero del seguro.

—No, no lo han hallado. Y no lo hallarán —pronostico—. Es muy probable que lo arrojaron al mar, en Long Island o tal vez en Staten Island. Las corrientes marinas hicieron el resto.

El semblante de Evelyn Haraway revela un sentimiento raro. Tan raro como algunas flores de su jardín del edén. No es un sentimiento de duelo ni de tristeza. Es quizás de contrariedad, de decepción. Quiere hacerme creer que está conteniendo el llanto, pero sé que es mentira. Los actores mediocres no saben fingir el llanto. Eso me dijo Alabama.

Tengo ya todas las respuestas. Todas menos una. Una que es importante.

—Opio —dejo caer la palabra mínima. Una anómala palabra de tres vocales y una sola consonante.

—¿Cómo dice?

—Usted sabía que su marido y sus socios usaban la empresa como tapadera para traficar con opio, ¿verdad? Lo sacan de la nave oculto en el pescado para moverlo por tres estados. Me dijo que la empresa de su marido distribuía en tres estados. Pero no se refería al pescado.

—¿Mi marido? Usted está loca... —contesta sin levantar la voz, como si temiera despertar de su letargo a alguna de sus mimadas plantas.

—Todo este tren de vida no se puede pagar con los arenques y las sepias —añado recorriendo con la mirada el insólito vergel—. Y usted, que tiene buen olfato para las flores y para el perfume, ya se olía que algo iba mal cuando fue a mi oficina para contratarme por la desaparición de Jason. Después le faltó tiempo para ir a la Manhattan Insurance a hablar con su hombre de confianza en la aseguradora. Ya estaba pensando en cómo cobrar el seguro de defunción. ¿Voy bien?

Guarda silencio, desalmada y desarmada a esas alturas. Su vista se refugia en el perfil urbano. Entre tejados y azoteas de rascacielos que dibujan un mínimo trazo de Nueva York. Como si anhelara huir volando. Como si aún creyera en la salvación. Ella mira hacia arriba, yo miro hacia abajo. Miro al suelo, busco un ofidio. Porque todo edén tiene su serpiente. Todo edén tiene su veneno, su maldición, su perdición.

—Jason levantó esa empresa de la nada, con mucho sacrificio —habla por fin—. Los problemas económicos iban a llevarla a pique, él no podía permitirlo, tenía que hacer algo.

—Y cuando decidió hacer algo no podía permitir que otros se llevasen la mayor tajada y que a él le dejaran las migajas tratándose de su negocio —la ayudo a seguir con el relato—. Exigió un trozo mayor en el reparto de la tarta. Y los socios decidieron hacer desaparecer a Jason. Si no hay cadáver, no puede ser declarado muerto. Eso les da margen de maniobra para seguir controlando la cosa durante algún tiempo. Pero usted, la legítima heredera, sí necesitaba un cadáver. El negocio legal de la empresa es ruinoso, pero le quedaría el dinero del seguro.

Su mirada, negra como tinta de calamar, abandona el horizonte urbano. Observa el agua que desparramó la regadera. Parece un charco de lágrimas. No se siente obligada a dar más explicaciones. Ni a entonar una de esas frases que relumbran en boca de los ricos como luces de neón: «¿Cuánto quiere por su silencio?». Sabe que el silencio es un bien escaso en una ciudad tan estruendosa como Nueva York.

Me voy de allí con los ojos embrujados por el colorido del jardín de altura. Me voy pensando en que basta una sencilla flor para salvar la primavera. Me acuerdo de él. Lo añoro desde el mismo día de su marcha.

A la mañana siguiente envío por correo a Evelyn Haraway la minuta por mis servicios. Sin ningún extra extraño en mis honorarios. Nada que le dé pie a creer que le voy a vender mi silencio.

Después me contrato a mí misma para un trabajillo. Leslie le encarga a Sullivan que dé con el paradero de Alabama, que se llama en realidad Darrell… ¿Darrell qué más? Sullivan abronca a Leslie porque ni siquiera conoce el apellido del hombre que quiere que localice. ¡Maldita sea! Telefoneo a periódicos y a teatros de medio estado de Luisiana. Pregunto una y otra vez. Hasta que llamo a un teatro del Barrio Francés de Nueva Orleans. Una pequeña compañía recién creada está ensayando allí. Va a estrenar una obra menor de Tennessee Williams. La compañía se llama Snow Moon…

Esa noche me dejo caer por el bar Snow Moon. Allí fue donde conocí a Alabama. El viejo Ashton frunce el ceño al verme. Todavía tengo la cara como si me hubieran golpeado con una tapa de alcantarilla. Ashton sirve un güisqui doble.

—¿Una mala semana, Leslie? —pregunta deslizando el vaso hacia mí por la barra.

—Depende de con cuál la compare. Las he tenido peores. Mejores también.

—¿Quién te ha hecho eso? —pregunta con mirada dolorida.

—Dos tipos intratables. Uno de ellos venía directamente del Paleolítico, el otro tal vez de Atlantic City.

—¿Qué fue lo que pasó?

—Que estaban haciendo turismo por Nueva York y confundieron mi cara con un parque de atracciones.

—¿Esos bastardos no sabían que tu cara forma parte del encanto de Nueva York?

Agradezco con un guiño el comentario de mi barman favorito. Pongo sobre la barra un sobre con un pequeño objeto en su interior.

—Ashton, mañana no te asustes cuando entren por la puerta dos patrulleros. No vienen a multarte por vender a precio de güisqui el matarratas que sirves a la clientela. Dales este sobre, ellos ya sabrán qué hacer con él.

—Si es un soborno vas a meterme en aprietos —responde alzando las manos como si lo encañonaran con una Smith & Wesson—. Pero por ti hago lo que sea, muñeca.

—Tranquilo, es solo colaboración ciudadana con la policía metropolitana. Podría entregárselo yo en persona, pero mañana ya no estaré en la ciudad.

—¿Dónde vas?

—A ver el arco iris.

Ashton no hace más preguntas. Los amigos leales dejan de preguntar cuando no te apetece responder. Cojo el vaso y voy hasta la gramola. Meto en la máquina una moneda. Selecciono *Cotton fields*, de Harry Belafonte. El disco gira y suena la música. Apuro el güisqui.

Al día siguiente madrugo. Preparo el equipaje, me doy una ducha. Me pongo mi mejor vestido y mis mejores zapatos. Llamo a Barty *Ciempiés* para ver si está libre a esa hora. Me dice que sí. Le pido que pase a recogerme. Le pido que me lleve a Grand Central.

Llegamos a la estación, en la esquina de la 42 con la avenida Parker. Dejo caer sobre el asiento del copiloto la llave de mi Chevrolet.

—Cuida de él, Barty. Nunca te dieron una propina tan grande por una carrera tan corta.

—Leslie, ¿qué significa esto?

—Está aparcado frente a mi oficina. Con la documentación en la guantera, todo en regla.

—Pero... —Se queda estupefacto.

—Y ni se te ocurra convertirlo en taxi. A un Chevrolet Bel Air del 53 no le favorece este amarillo chillón tan horrible.

—No es tan horrible, Leslie. Los taxis dan un toque de color a esta ciudad negra. ¿Qué ocurre? ¿Abandonas Nueva York?

—Sí, antes de que Nueva York me abandone a mí. Soy una mujer orgullosa, no me gusta que me dejen.

—Te entiendo. Es difícil seguirle el ritmo a la Gran Manzana. Aquí todos somos moscas.

—¿Moscas? No, tú eres un ciempiés.

Barty suelta una risotada que rebota en el parabrisas y en el techo del coche. Como una carambola de billar francés.

—Lo leí en un libro de Dos Passos —dice—. Somos moscas que andamos por el techo de una ciudad al revés.

Saboreo esa cita literaria como si fuera un buen café. Él detiene su Dodge Meadowbrook. Bajo del taxi con la maleta. Barty y yo nos miramos con simpatía sin añadir nada. Él arranca, se despide de mí con ese juego de pedales que hace que el coche avance a tirones. Ese juego de acelerador y freno por el que lo llaman Barty *Ciempiés*.

Compro el billete de tren en la taquilla. Busco una cabina, meto cinco centavos y marco un número.

—¿McLean? Aquí Sullivan —me identifico en cuanto descuelga—. Quería darte las gracias.

—¿Por qué, irlandesa?

—Por el espectáculo de mímica con el que me despediste cuando fui a verte a la comisaría. Ese gesto con el puño y el dedo gordo. Tardé un poco en asociarlo con el caso y en relacionar la pipa con el opio. Lo demás ya fue más sencillo.

—Sabía que eres una chica lista.

—Pero no olvido que me mentiste, me dijiste que no sabías quién era Jason Haraway.

—¿Querías que hiciera todo el trabajo por ti? Te eché una mano, el resto era cosa tuya.

—¿Conoces el bar Snow Moon, en la 11 con la 57?

—Esa pregunta está de más. Soy escocés, conozco todos los bares y tiendas de licores de Nueva York.

—Me alegro, aunque no sé si tu hígado dirá lo mismo.

—Ve al grano.

—Hay un sobre para ti en el Snow Moon. Manda una patrulla a recogerlo.

—¿De qué se trata? ¿Me has escrito una carta de amor?

—Algo mejor. Es un rollo fotográfico con material contable interesante de la Hunts Point Fresh Fish Corporation. No tengo los originales, me enviaron dos mozos de reparto para recuperarlos, pero antes tuve la precaución de fotografiarlo todo.

—¿Dos mozos de reparto?

—Sí, de esos que reparten palizas a domicilio. A lo mejor los mismos que liquidaron a Jason Haraway y lo tiraron al mar.

Se hace el silencio al otro lado del teléfono. McLean sopesa si debe o no ratificar esa información.

—Podría ser —responde sin más.

—¿Te haces el sueco, escocés?

—Hay una investigación en curso. Y es posible que haya conexiones con una de las Cinco Familias, has estado nadando entre tiburones…

Las Cinco Familias de Nueva York, la rama americana de Cosa Nostra. Hasta ahí yo no había llegado. Pero ya no es mi problema.

—McLean, quiero algo a cambio de ese material. Tienes que darle a Lafayette la exclusiva de alguna de las detenciones que vayáis a hacer en relación con este caso.

—¿Lafayette? ¿Esa mosca cojonera del *Post*?

—Todos somos moscas que andamos por el techo de una ciudad al revés.

—¿Qué dices? ¿Te machacaron el cerebro esos dos matones?

—Sé que harás eso por mí, le debo una a ese gacetillero del *Post*.

—No tan rápido, Sullivan. Lo que me ofreces no es gran cosa. Llevamos tiempo pisándoles los talones a las redes portuarias de tráfico de opio. Solo necesitábamos un par de registros para dar con esos papeles que tú encontraste saltándote las formalidades de la ley.

—¿Por qué no lo habéis hecho entonces?

—Porque el fiscal adjunto es un inútil y porque no es fácil pillar en estado sobrio al juez Curtis para que firme la orden de registro. Y la de allanamiento.

—¿De allanamiento?

—Sí, del domicilio de los Haraway. No me irás a decir que pensabas que tu clienta era una mosquita muerta. Ella y su marido son piojos resucitados.

—¿Piojos resucitados?

—Gente de origen modesto que alcanza una buena posición por medios ilícitos. Es una de las variantes del sueño americano.

Piojos resucitados, mosquitas muertas, moscas cojoneras, moscas caminando por una ciudad al revés, gusanos royendo la Gran Manzana, ciempiés conduciendo taxis... *National Geographic* se está perdiendo un buen reportaje sobre la pequeña fauna invertebrada de Nueva York.

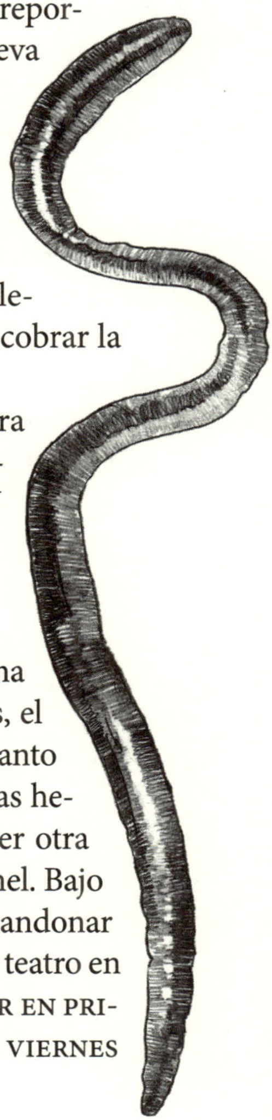

—Ya sé que ella tampoco es trigo limpio —digo.

—No acudió a la policía cuando desapareció su marido porque desde el primer momento sabía lo que había. No le convenía levantar la liebre, lo único que le interesaba era cobrar la pasta del seguro de vida. Y ahí entrabas tú.

La operadora me pide que introduzca otra moneda. No lo hago, dejo que expire la llamada. McLean ya sabe todo lo que debe saber. Y mi tren va a partir.

El viaje es más largo que una condena a cadena perpetua en Sing Sing. Al cabo de veinte horas, el revisor anuncia que estamos llegando. Me levanto y voy al aseo. Miro en el espejo las huellas de las heridas en mi rostro. Me lavo la cara para parecer otra mujer. Me doy unas pinceladas de carmín y rímel. Bajo del vagón con el corazón acelerado. Antes de abandonar Nueva York le había mandado un telegrama. Al teatro en el que ensaya: SOLO NECESITO FLOR PARA CREER EN PRIMAVERA. LLEGO ESTACIÓN UNION PASSENGER VIERNES

10 HORAS. No sé si lo ha recibido. No sé si tiene interés en volver a verme.

Camino por el andén con el pánico de un exorcista que desciende a los nueve círculos del infierno. Una columna de viajeros avanza hacia la salida. Busco en ese mosaico de gente y de colores una mirada de arco iris. Pero solo veo un río de gente más largo que el Misisipi. Finalmente diviso su figura. Aferro la vista a sus ojos, que son el hogar de la alegría. Camino hacia él con paso ligero. Me recibe con un beso que sabe a esperanza. Un beso que interrumpe para entregarme la camelia encarnada que lleva en la mano.

—Bienvenida, Leslie —dice sonriéndome con los siete colores del arco iris que hay en su mirada negra—. Nueva Orleans te regala la flor y yo voy a regalarte la primavera.

Lo abrazo, me abraza. Las lágrimas desfiguran el rímel de mis ojos, lo convierten en una obra de arte abstracto. Pero no son lágrimas de rabia. Ni de miedo. Ni de derrota. Ni de dolor. Por primera vez en mi vida no lo son.

Terminóse de imprimir esta edición de *Cabeza alta* el 27 de agosto del 2022 en los talleres de Sgraf, Meicende, 233 años después de que se publicara la Declaración de los Derechos del Hombre y del Ciudadano… enmendada por Olympe de Gouges para incluir a esa mitad de la humanidad llamada mujer.

TAMBIÉN EN LA COLECCIÓN SENSIBLES A LAS LETRAS:

LLUVIA DE AGOSTO

De Francisco Álvarez

ISBN 978-84-16537-12-9
296 páginas
17,90 €

El 20 de noviembre de 1936 moría un hombre y nacía un mito. Buenaventura Durruti, el obrero metalúrgico, el pistolero anarquista, el atracador de bancos, el héroe de la Barcelona antifascista, caía muerto en el frente por una bala de origen desconocido.

Cincuenta años más tarde, una periodista francesa se propone aclarar esa misteriosa muerte. En su búsqueda, perpetraremos junto a Durruti el primer gran atraco a un banco en la historia de España, frenaremos el golpe militar de julio de 1936 y asistiremos al final de una utopía que duró un verano demasiado corto.

> «*Lluvia de agosto* traslada al lector a la España de la Guerra Civil, le muestra el color y el dolor de un país dividido. Casi se pueden percibir el olor del miedo y la pólvora, escuchar el griterío de la revuelta, sentir el impulso de la revolución.»
>
> **JAVIER PÉREZ DE ALBÉNIZ**, ***Vanitatis***

PASAXERES DE LA NUECHE

De Francisco Álvarez

ISBN 978-84-16537-50-1
256 páginas
15,90 €

¿De qué falen les muyeres de los cuadros de Picasso cuando tán soles? ¿Qué pensaba l'artista malagueñu mentantu pintaba una obra pa sofitar la Güelgona de los mineros asturianos del añu 63? ¿A quién s'encomendaba'l xeneral napoleónicu que comanda les tropes franceses enantes d'entamar la batalla de la Ponte de Peñaflor, nel conceyu de Candamu?

Pasaxeres de la nueche recueye la meyor narrativa curtia de Francisco Álvarez, ganador de los premios Xosefa Xovellanos y de la Crítica d'Asturies cola so primera novela, *Lluvia d'agostu,* quiciabes el debú más sorprendente na lliteratura asturiana de los últimos años.

> «El autor de *Lluvia de agosto* nos muestra en *Pasaxeres de la nueche* su oficio en la narrativa corta, cuya calidad literaria es excelente.»
> **LUIS ARIAS ARGÜELLES-MERES, *El Comercio***